진진돌이

에볼루션 1

진진돌이 에볼루션

중판 1쇄 인쇄 2015년 1월 28일
중판 1쇄 발행 2015년 2월 4일

글 김기정
그림 윤종문

펴낸곳 (주)케이원미디어
펴낸이 김순광
기획 김순광
편집 정명훈

주소 서울특별시 강동구 천호대로 1073, 523호(천호동, 힐탑오피스텔)
전화 (070) 7711-7341
팩스 (02) 476-6620
이메일 sungwang1967@hanmail.net

ISBN 979-11-953266-1-7
　　　979-11-953266-0-0(세트)

값 10,500원

· 한국만화영상진흥원 '고전명작만화 리메이크 공모 사업' 제작 지원작

진진돌이
에볼루션 1

원작 정운경
글　김기정
그림 윤종문

(주)케이원미디어

정운경 화백

어린 시절엔 대부분 만화에 빠져 든다. 더구나 요즘처럼 IT미디어가 없었던 시절엔 마음 붙일 곳이 유일하게 만화였다.

나 또한 만화를 무척 좋아했다. 학교에서 쉬는 시간에 흑판에다 만화를 그려 급우들로부터 칭찬(?)을 받곤 했다. 고등학교에 진학하면서 부모님이 걱정을 하기 시작하셨다. "앞으로 만화 가지고 밥 먹을 수 있겠니?" 어린 생각에도 부모님 뜻을 따라가는 게 옳을 듯 싶었다. 그리하여 만화는 잊어버리고 공부해서 대학에 갔다.

대학에 진학했지만 그 시절 대부분의 학생들처럼 등록금 내기에 어려움을 겪는 처지였다. 궁리 끝에 몇 년 동안 잊고 있던 만화를 다시 그리기로했다. 그리고 평생 처음 진지한 마음으로 만화 한 페이지(8칸)를 몇 장 그려서 잡지사를 돌아다녔다. 그야말로 행상을 한 셈이다. 의외로 빠른 시일내에 좋은 반응을 받아 몇몇 잡지에 연재도 하게 되고 등록금도 내게 되었다.

그때만 해도 대학 경제학과나 상과를 나와서 은행에 취직하면 최고로 치던 시대였다. 나도 경제과에 다녔지만 굳이 은행에 갈 것 없이 만화로 일가를 이뤄보는 것도 괜찮지 않느냐는 주위의 권고도 있고 해서 만화가가 되기로 작심을 하고, 만화의 기초를 다지기 위해 만화 공부를 해야겠다는 생각을 했다. 그때가 광복이 된 지 얼마 안 되어서 용산을 비롯해 많은 미군 부대가 서울을 중심으로 해서 전국에 진을 치고 있었다. 살기 힘든 때라 미군 부대라 하면 '꿀꿀이죽'을 연상하겠지만, 미국 사람들은 만화를 좋아해 헤아릴 수 없이 많은 종류의 만화들을 시중에 풀었다. 그 바람에 월트디즈니의 '도날드 덕'과 '미키 마우스'를 알게 되었다.

운이 좋아 신문에까지 만화를 연재하면서 만화의 장르를 넓혀야겠다는 생각이 들었다. 그때 만화판은 거의 인물이 주인공이었고, 모두 남자 캐릭터였다. 그래서 내가 여자를 주인공으로 내세우기로 한 것이 '왈순아지매'였다.

한편 월트디즈니는 동물이 주인공인데, 우리나라에서도 동물만화를 한두 개 만들어보자고 한 것의 첫 번째가 '또복이'였다. 또복이는 영롱하고 재치 있다는 평을 들어 학생들의 방학책에도 싣게 되었다. 그때 마침 학원지에서 '장기연재동물만화'를 기획하고 있었다. 그래서 태어난 게 '진진돌이'였다. 진돗개에서 만들어진 이름이다. 당시 6.25전쟁이 끝나지 않아서 전쟁 스토리로 내용을 구성해 나갔다. 땅 나라와 수중 물고기 세계가 겨루기도 하고, 독수리가 사령관인 하늘 나라와도 전투를 했다. 다행히 독자의 관심을 끌어 장장 20년간 소년중앙에까지 3번 리메이크했다.

초등학교에 다니면서 진진돌이를 계속 보다가 학원사에 취직해서 다음 편 '진진돌이'를 청탁하러 와서 너무나 기쁘다는 말을 듣고 '진진돌이' 착상을 위해 밤에 잠을 못 자고 마당을 서성이다가 '딱딱이(야간에 동네를 경비하는 사람)'가 집에 무슨 일이 있느냐고 묻기도 했었다. 이런 불면의 밤이 밀려오는 중에도 보람을 느꼈다. 비록 만화를 그렸지만 학교에서 미술도 전공하지 않은 내가 아닌가?

이번에 한국만화영상진흥원에서 지원을 해주어 '진진돌이'를 리메이크하여 ㈜케이원미디어에서 '진진돌이 에볼루션'을 만들게 되어 매우 기쁘게 생각한다. 김기정 작가의 글 내용도 좋지만, 윤종문 작가의 그림에도 애착이 간다. 아주 잘 그렸다. 후배 작가들이 자랑스럽다.

글 작가 _ **김기정**

원작 만화 《진진돌이》는 동물들이 새나라, 물나라 등으로 나뉘어서 서로 전쟁을 벌이는 내용이다.

사람은 안 나온다. 만화 속에선 동물들이 사람이다. 그러니까 전쟁을 하지. 원작 리메이크가 결정되고 내가 가장 고심한 것은 '왜 하필 동물들이 전쟁을 해야 하나?' 하는 것이었다. 그냥 '동물을 의인화해서 전쟁만화를 하면 재밌지 않겠어'라는 것보다 굳이 동물들이 전투를 하는 만화를 해야 하는 보다 명확한 이유가 필요했던 것이다. 그래서 '가상의 세계가 아닌 지금의 현실 세계에서 인간들이 동물들을 전투원으로 만들어냈다'는 설정을 생각했다. 그러자 '짐승 스쿼드'는 약자로 JSS, '비인간 전투원 프로젝트'는 비전 프로젝트…… 오오, 이거 괜찮은데? 싶었다.

그러나 정작 작화를 맡을 윤종문 씨가 설정이 이상하다고 했다. 그래서 오래도록 설득을 했고, 결국 종문 씨는 반협박 같은 동의를 해주었다. 죽어도 그 설정을 해야겠다면 그렇게 하라고.

어쨌든 그래서 시작을 했고, 끝마쳤다. 기쁘다.

'만화는 목숨 걸고 하는 것이다'는 말씀을 해주신 원작자 정운경 선생님, 늘 마감에 쫓기면서도 탁월한 작품을 만들어낸 종문 씨, 늘 마감 쪼으느라 고생하신 매직북, 열렬히 성원해주신 팬카페와 독자 여러분께 감사드린다.

참, 정작 중요한 인사를 까먹을 뻔했군. 제작 지원해주신 만화영상진흥원에 감사드려요~!!

그림 작가 _ 윤종문

어릴 때 무척이나 재밌게 봤던 《진진돌이》!
리메이크 만화를 선택할 때 주저없이 《진진돌이》를 택할 수 있었던 게 어릴
적 기억이 큰 몫을 차지했을 것입니다.
리메이크작으로 선정되면서 본격적인 작업을 위해 80년대 소년중앙에 연재
되었던 《진진돌이》를 다시 보게 되었는데…… 어릴 적의 추억과 요즘만화
에서 느끼지 못하는 새로운 재미들이 잘 버무려져 시간 가는 줄 모르고 푹
빠져 보게 되더군요.
'명작만화 리메이크'라는 타이틀에 걸맞게 《진진돌이》는 명작만화임이 확실
한 것 같습니다.
그런 원작에 누를 끼치지 않게 나름 최선을 다해 작업을 했습니다. 부족한
점이 많으나 너그럽게 봐주시기 바랍니다.
이제 그 결실을 맺어 단행본으로 선뵈게 되니 뭔가 뿌듯함도 느껴지는군요.
먼저 이런 뿌듯함을 느끼게 해준 원작자이신 정운경 선생님께 감사를 드리
고, 이런 기회를 제공해주신 만화영상진흥원 원장님과 관계자 분들께도 감
사드립니다.
주인공 진진돌이가 세상을 활개 치며 다니는 그런 세상이 왔으면 하는 작은
바람입니다.^^

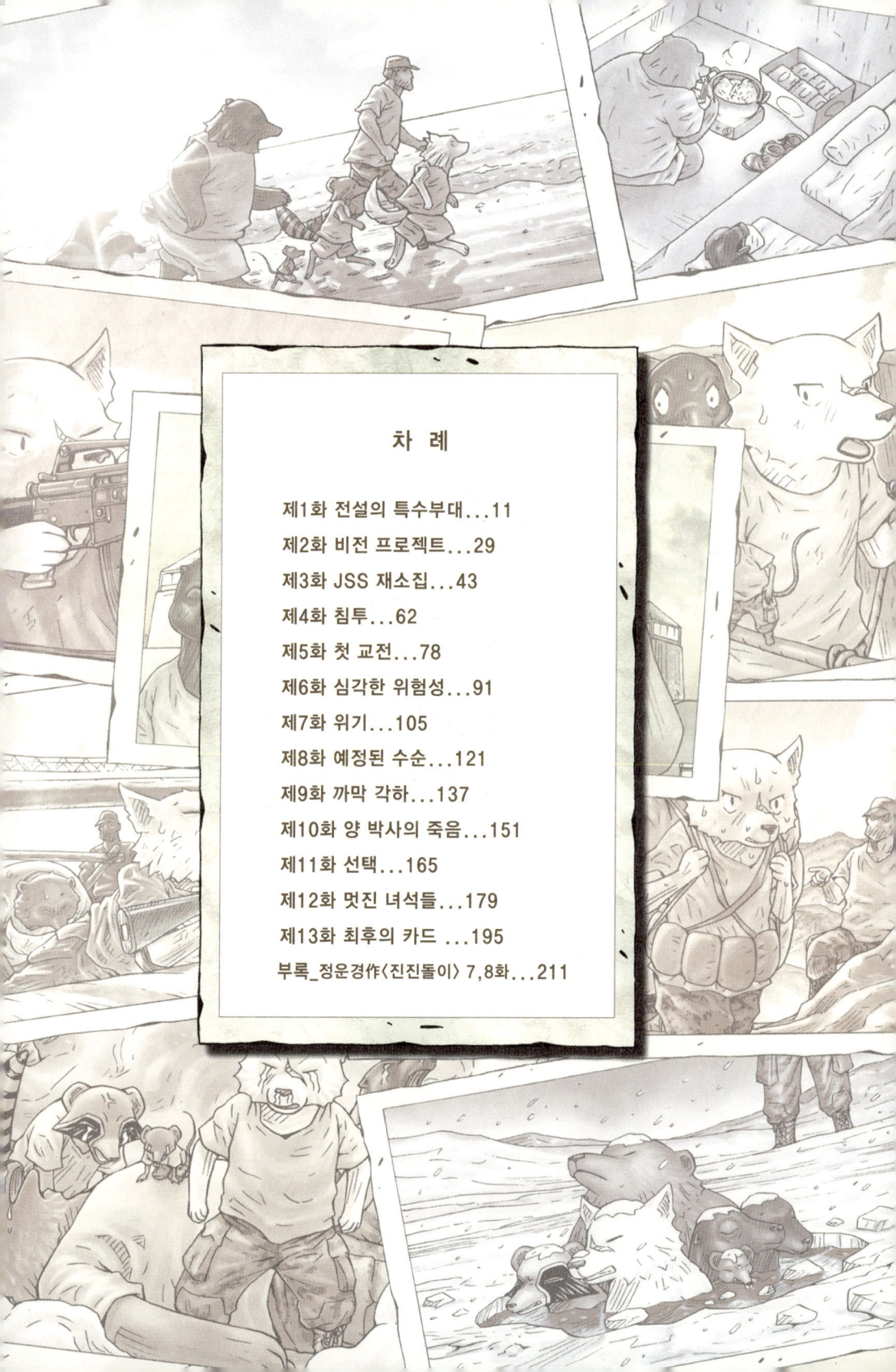

차 례

JSS(Jim Seung Squad)

제1화
전설의 특수부대

12주 동안 옥상 GOP 근무라니…… 정말 미치고 팔짝 뛰겠네.

너 또 발정기냐?

하루에도 몇 번씩 확 뛰어내리고 싶은 충동이 든다니까.

실수로 떨어져도 안 죽었으면 영창 가는 거 알지?

우린 옥상에서 한 발짝만 벗어나도 탈영으로 간주된다고.

에이씨~ 차라리 뭐라도 한번 쳐들어 왔음 좋겠다.

발칸이나 신나게 갈겨대면 머리가 좀 가벼워질 것 같은데!

푸흣!

대가리 큰 넘이 머리 가벼워지길 바라는 걸 보니 좀 웃기다. 야.

이…….

이리 와! 네 대가리도 좀 맞고 나면 나만큼 커질 거야.

하하하.

12

상사님,
어디에도 적의
움직임은 보이지
않습니다.

젠장!

도대체
무슨 일이
있었던 거야?

사, 상사님.

저, 저기!

맙소사! 저, 저게 대체……

크아아악!

크헉!

파창

부우우우

아아앙

아,
그 사건요.

그래!
자네도
알고 있나?

물론입니다.
적국 정보부장이
집무실에서 돌연사한
사건 아닙니까.

당시 적국에서는
집무 도중 급성
뇌출혈로 사망
했다고 발표
했었는데⋯⋯.

급성 뇌출혈!
뭐, 틀린 말도
아니지.

갑자기 뇌에서
대량의 출혈이
일어났을 거야.

총알이 머리를
관통했으니까.

예?!

그, 그럼 그 사건이 우리 측 특수부대의 공작이었단 말씀입니까?

부우우

그렇네. 그뿐만 아니라 A국으로 망명했던 전직 안기부장도……

안가에 머물던 중 돌연사한 K부장 사건 말씀입니까?

그 사건도 당시 A국에선 급성 기관지 폐색증으로 사망했다고……

그도 틀린 말은 아니지. 갑자기 기관지가 좁아져 숨쉬기가 힘들었을 거야.

예? 그건 또 무슨 말씀인가요?

피아노 줄이 목을 파고 들어오고 있었으니까.

하, 하지만 전 절대 못 믿겠습니다.

몇 겹의 경비망을 뚫고 표적을 제거한 후 아무 흔적 없이 빠져나온다는 건 도저히 불가능한 일입니다.

부우우

JSS라면 가능하지.

JSS?!

군의 극비 프로젝트가 만들어낸 특수부대 중의 특수부대! JSS야말로 전설의 특수부대였다.

우린 지금 그 JSS의 대장이었던 자를 만나러 가는 거야.

부우우우

중령님, 여긴 평범한 목장 아닙니까?

20

유감스럽게도 JSS는 해체되고 그 기록들은 말끔히 삭제됐다.

대원들은 모두 과거를 숨긴 채 평범한 모습으로 살아가고 있고.

흠! 그러니까 JSS의 대장도 이곳에서 목장을 운영하며 살고 있다는 거군요.

근데 중령님, 그 JSS란 부대 명칭 말입니다.

주르륵

전설(Jeon Seol)의 머리글자를 딴 거 아닌가요?

전설의 특수부대 JSS! (Jeon Seol Squad)

아니야.

예? 그, 그럼?

대장을 만나보면 자연히 알게 될 거야.

마 서 리 목 장

오랜만일세, 진진.

이렇게 불쑥 찾아와서 자네 입장에선 좀 당혹스러울 줄 아네만……

어디다 대고 말씀하시는 거지? 혹시 감시카메라 같은 게……?

없는데.

어쨌든 이렇게 자네 모습을 다시 보게 되니 반갑군그래.

무, 무슨 소리야. 지금 중령님 눈엔 누가 보인다는 거야?

헉! 서, 설마 JSS 대장이 투, 투명인간?!

자는 척 그만 하고 일어나게, 진진.

자넨 내가 오고 있다는 걸 이미 냄새로 다 알고 있었을 거 아닌가.

주, 중령님. 지금 저 개한테 말씀하고 계신 겁니까?

월월!!

월월월~

더 이상 개 흉내 낼 필요 없네, 진진.

군이 다시 자네와 자네 부대를 필요로 하고 있네.

나와 함께 가줘야겠다.

워워워! 웍웍!

후후, 사람…… 아니, 개 잘못 봤단 식으로 넘어갈 속셈인가?

소용없네. 내가 어떻게 자네를 몰라보겠나.

웍웍웍~

이, 이 상황을 대체 어떻게 해석해야 하지?

중령님은 지금 저 개에게 말하고 있는 게 분명하다.

그럼 저 개가 JSS의 대장이란 말인가?

웍! 웍!

헉?! 서, 설마 사람이 개로 완벽하게 위장을 하고……

아르르~

아, 아니야. 저건 틀림없는 개야. 결단코 사람이 위장한 게 아니라고.

그, 그렇다면 결론은······?

조 중령이 미친 거다!!

정말 계속 이럴 건가, 진진.

자네가 정 이런 식으로 나온다면 자네 부대원들 안전을 더 이상 책임질 수 없네.

아이고, 중령님! 그만 하세요.

아무리 요즘 스트레스를 많이 받으셔도 그렇지, 어떻게 개 새끼를 붙들고······.

더러운
인간들.

결국
이렇게 나올 줄
알았어.

26

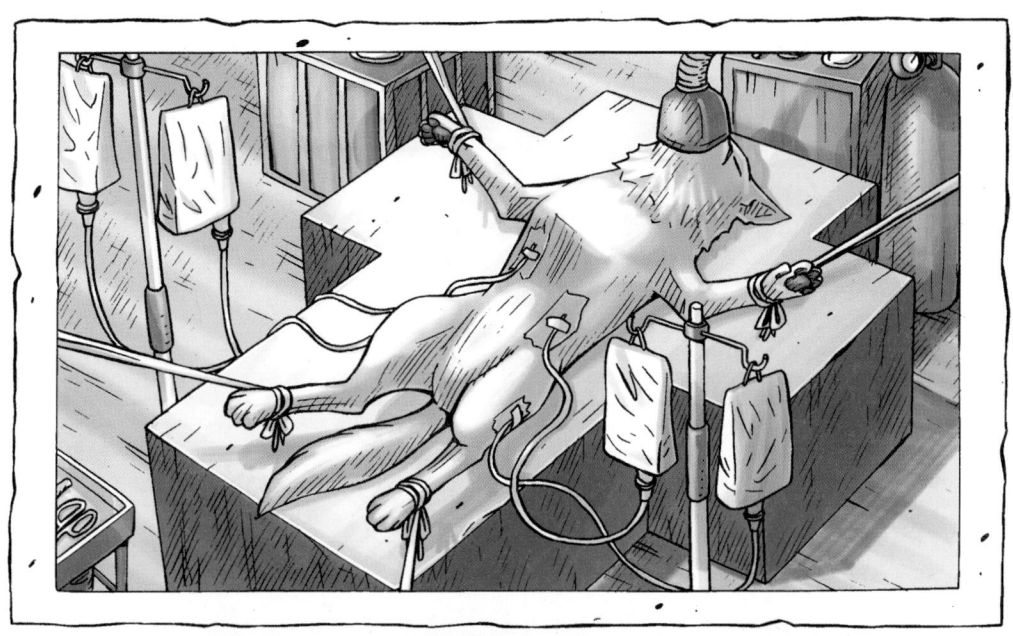

하극상, 탈영,
명령 불복종……
군기 사고가 갈수록
늘어나고 있습니다.

그 원인은 군의
통제력이 갈수록
약화되고 있기
때문이죠.

그리고 군의
통제력 약화의 근본
원인은……

바로, 군인도
인간이기
때문입니다.

갈수록 신장되는 인권의 잣대를 군인에게도 적용하다 보니 강력하고도 엄격한 통제가 불가능해지는 것이지요.

사실 군인에게 인권이 무슨 소용이 있습니까.

여러분들이 원하는 군은 뜻하는 대로 휘두를 수 있는 권력의 칼,

전쟁의 소모품이 아니겠습니까?

힘! 위험한 발언은 삼가주시오, 양 박사.

그래서 양 박사가 말하고자 하는 요점이 뭡니까?

군 통제력 약화의 근본 원인이 군인도 인간이기 때문이라면 해결책은 간단합니다.

바로 군인이 인간이어선 안 된다는 것이죠.

이것이 바로
제가 주장하는
비인간 전투원
프로젝트!

비전
프로젝트의
핵심입니다!!

제2화
비전 프로젝트

부우우우

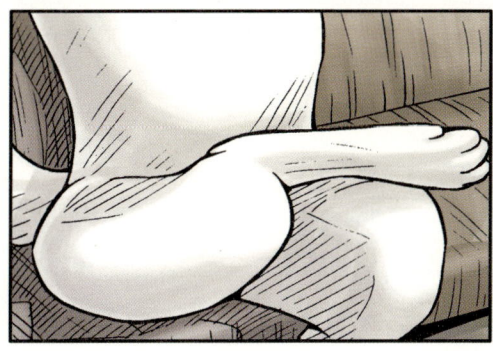

쭈우우

후우우~

힐끔

뭘 그렇게 힐끔거리나. 개 새끼가 담배 피우는 거 첨 봐?

......

확들짝

아, 아까는 실례했습니다. 제가 개 새끼라고 한 건 그냥……

괜찮아. 모르고 한 소린 거 아니까.

하지만 앞으론 조심하게.

누구든 자기 콤플렉스를 찔렸을 때 가장 예민하게 반응하는 법이거든.

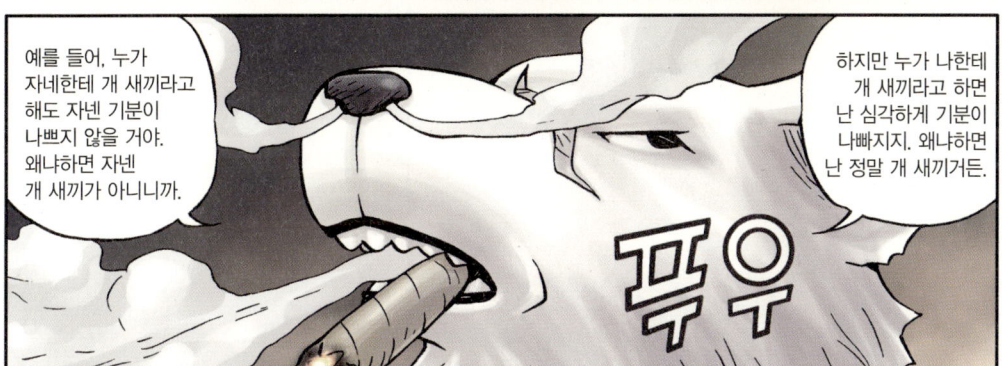

예를 들어, 누가 자네한테 개 새끼라고 해도 자넨 기분이 나쁘지 않을 거야. 왜냐하면 자넨 개 새끼가 아니니까.

하지만 누가 나한테 개 새끼라고 하면 난 심각하게 기분이 나빠지지. 왜냐하면 난 정말 개 새끼거든.

푹우

하, 하지만 저도 누가 개새끼라고 하면 기분이 나빠지는데요······.

그래? 그럼 자네도 개 새끼인가 보군.

부우우우

윽!!

역시 자네는 군복을 입고 있을 때가 가장 잘 어울리는 것 같군.

들어가 보게. 유 장군께서 기다리고 계시네.

오! 어서 오게, 진진!

군복 입은 자네 모습을 다시 보게 되다니, 정말 반갑구만.

......

헌데 벌써 경례하는 법도 잊어버린 건가?

평생 평범한 짐승의 모습으로 살아야 한다고 못 박은 건 장군님 이셨습니다.

꿈틀

흠…….

그래, 그래.

뭐 지난 얘긴 관두고, 본론부터 얘기하지.

얼마 전 우리 군의 극비 군사시설이 정체불명의 적으로부터 습격을 당했네.

이건 그때의 CCTV 화면이야.

틱

두두두

두두두

이, 이럴 수가!
저건…….

무장한 새들이
아닙니까!

그렇네. 적의
정체는 무장한
새들이었어.

이것이 뭘
의미하는
것이겠나.

양 박사는
죽지 않았던 거다.
비밀리에 적국으로
건너가

비전 프로젝트를
또다시 추진했던
거야.

진진! 비전
프로젝트는 결코
세상에 알려져서는
안 된다.

양 박사를 비롯,
비전 프로젝트와
관련된 모든 것을
완벽히 제거해
주게.

이런 말을 하면
자네가 어떻게
생각할지
모르겠지만.

저 너구리는
아무래도
예지력이
있는 것 같아.

예지력?

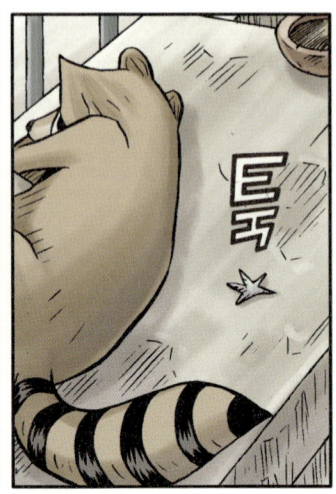

봐, 봤어?
새똥이 떨어질 줄
미리 알고
돌아누운 거야!

말도 안 되는
소리! 그냥
우연일 뿐이야.

아니라니까.
내가 쭉
지켜봤는데
저놈은 분명
예지력이 있어.

저 녀석, 자다 말고 갑자기 왜 저래?

뭔가 또 어떤 사건이 벌어질 걸 예감한 거야.

엄마야~.

봐, 봤지? 봤지?

저 아가씨 치마가 뒤집힐 걸 미리 알고 구경하러 그 앞에 가 있었던 거야.

억지 좀 부리지 마. 그냥 전부 우연일 뿐이라고.

아니! 자네 눈으로 보고도 내 말을 못 믿겠단 거야?

뭘 믿으라고? 너구리가 예지력에 밝힘증까지 있다는 게 말이나 돼?!

 진진돌이 에볼루션 · 37

말이 되든
안 되든 그게
사실이지.

아니, 당신
누구요?

우리 안에
함부로
들어오면
안 돼요.

함께 가줘야겠다,
너굴! 다시 임무가
떨어졌어.

어허! 이봐요,
함부로
들어오면
안 된다니까.

자, 잠깐! 지금
저 너구리한테
얘기하고 계신 거
맞죠? 저 너구리랑
잘 아는
사이세요?

함께 가자.

이 너구리한테 예지력 있는 거 맞죠? 그죠?

그 사람은 미친 사람 이라고! 빨리 쫓아내!

자네까지 왜 이래, 정말! 척 보면 몰라?

난 내 육감이 틀린 줄 알았어.

대장이 찾아올 것 같은 예감이 들었는데, 그럴 리가 없잖아.

한데 역시 내 예지력은 녹슬지 않았군.

지, 지금 저 너구리가 말을 한 거야?

들었지, 들었지? 제 입으로 예지력이 있다고 하잖아!

아, 아냐! 이건 결코 있을 수 없는 일이야!

너구리는 말도 할 수 없고, 예지력도 있을 수 없어~!!

네가 무슨 말을 하든 난 절대 안 믿어!

난 너구리 말 따윈 절대 안 믿는다고~!

당신 며칠 전에 사육장 청소하다 반지 잃어버렸지?

그거 저 사람이 몰래 주워 가졌어. 내가 다 봤어.

이 자식! 그래 놓고 못 봤다고 시치미를 떼?

아, 아냐! 진정해, 이 친구야!

내 반지 내놔, 이 도둑놈아!

자, 자네 설마 너구리의 말 따위를 믿겠단 거야?

이 쥐는
도저히 잡을 수가
없습니다.

지난 한 달 동안
쥐덫, 쥐약 등
기초적인 방제
수단부터

최첨단 장비인
초음파 발생기,
로봇 고양이까지
투입해봤는데
소용이 없었어요.

뭘 어떻게
했는지 이놈의
쥐새끼는 로봇
고양이를 타고
다니더라고요.

아니, 쥐 박멸의
최고 전문가라고
큰소리치더니……

면목
없습니다.

허어,
이거 정말
큰일인데.

백화점
고급 식당가에
쥐새끼가 맘대로
돌아다니니……

이래서야
장사가
되겠냐고요.

제3화

JSS 재소집

특수한 쥐는 특수한 방법으로 잡아야 합니다.

최고의 쥐 박멸 전문가인 나도 못 잡은 쥐를 당신들이 잡겠다고?

대체 어떤 특수한 방법을 쓴다는 거요?

저희 JSS 특수 방제는 방제의 격이 다릅니다.

우리가 사용하는 특수 도구 앞에선

철컥

그 어떤 해충도 굴복하지 않을 수 없지요.

척

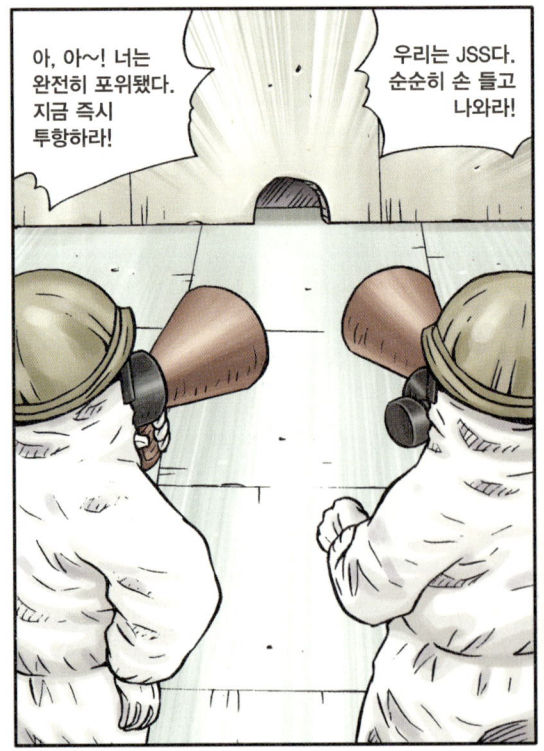

아, 아~! 너는 완전히 포위됐다. 지금 즉시 투항하라!

우리는 JSS다. 순순히 손 들고 나와라!

뭐, 뭐 하는 짓이야?

이봐! 당신들 지금 장난해?

그런다고 쥐새끼가 정말 손 들고 제 발로……

나,
나왔다
…….

체포해.

네.

철컥

가자.

이, 이럴 수가!
저렇게 간단한
방법이……

부우우웅

처음에 대장 목소리 듣고 반신반의 했는데,

너굴 목소리까지 들리기에 날 데리러 온 줄 알았지.

정말 오랜만이야, 대장.

다시 임무를 맡게 된 건가?

그래! JSS 전원 다시 소집이다.

환상의 물개 쇼!쇼!

신기하다! 물개가 담배를 피운다!

도넛도 만들어봐!

하하하! 놀라지 마십시오.

물개 형제의 쇼는 이게 끝이 아닙니다!

크어~

와아~ 더 신기하다. 물개가 소주를 마신다!

아빠, 아빠! 저 물개가 아빠처럼 이빨로 소주병 깠어!

세계 유일! 물개 브라더스의 음주 흡연쇼에 큰 박수 부탁 드립니다!

우린 JSS 특수 동물 보호 기관에서 나왔소.

JSS 특수동물보호대

이곳에서 동물 학대가 자행되고 있다는 신고가 들어왔소.

당신들이 물개들한테 술 담배를 강요하고 있다지?

아하하!

학대라뇨, 무슨 그런 소릴…….

근데 왜 그런 가면을 쓰고 있는 거요?

우리 부서는 워낙 동물을 좋아해서 가끔 이러고 다닙니다.

당신도 동물 가면을 쓰고 있는 걸 보니 제법 동물을 사랑하나 본데,

물개한테는 왜 그런 겁니까?

무, 무슨 소릴 하는 거요!

그리고 쟤들이 술 담배를 하는 건 쇼라고요! 쇼!

그러니까 연기라는 겁니다.

내가 물개들한테 술 담배 연기를 가르치느라 얼마나 고생했는데.

응? 응?

사기 치지 마. 당신이 가르치긴 뭘 가르쳐.

우리가 사는 게 하도 뭐 같으니까,

허구한 날 술 담배만 찾은 거지.

마, 맙소사! 저것들이 말을……

장기간에 걸친 음주 흡연으로 뇌 손상을 입은 게 틀림없군요.

맞아! 언어중추에 이상이 생겨 물개 말을 못하고 사람 말을 하는 거지.

으아아~ 사람 말 하는 물개는 싫어!

알아서들 하셔~.

대장, 진진 대장 맞지?

우리 데리러 온 거지, 대장?

그래. 우린 이제 다시 JSS 대원들이다!

우리 더 이상 짐승처럼 살지 않아도 되는 거지?

바로 이놈입니다. 우리나라 토종 불곰!

……

우리나라에도 불곰이 있나요?

물론이죠. 이남에선 멸종했지만 이북엔 소수 남아 있어요.

반달곰보다 훨씬 덩치가 크니까 웅담도 크겠죠?

그럼요! 약효도 비교가 안 됩니다.

하지만 가격도 비교가 안 된다는 거 아시죠? 이놈 아주 어렵게 입수한 겁니다.

알았어요, 알았어. 얼른 웅담이나 꺼내 주세요.

헤헤, 옙! 곧 따끈따끈한 웅담을 꺼내 드립죠.

부우우

정말 미련 곰탱이 같은 자식이야!

아무리 평생 평범한 짐승의 모습으로 살아야 한다고 했어도 그렇지!

죽을 줄 알면서 순순히 팔려 가면 어떡해!

그러게 말야. 도망이라도 쳤어야지.

늦기 전에 빨리 구해야 돼! 더 밟아!

바아아아

어?!

저 녀석, 곰탱 아냐?

쿵쿵쿵

끼이이이

……

야, 곰탱!
무사했구나!

오랜만이다,
곰탱!

토톳

반갑다,
곰탱!!

……

으헉!
지, 짐승들이
말을 한다!

이런 멍청이! 우리가 누군지 벌써 잊었어?

우리 모두 JSS 대원들 이잖아!

JSS…… 대원……? 그게 뭐지……?

이 녀석, 머리 나쁜 건 여전하군.

이런 바보가 어떻게 JSS가 될 수 있었는지 모르겠다니까.

어, 어쨌든 나 좀 살려줘!

사람들이 웅담을 꺼낸다더니 갑자기 날 죽이려고 해~.

웅담을 꺼낸다는 게 죽인단 얘기잖아, 이 곰탱아!

그, 그래? 웅담이 뭔데?

곰이 웅담이 뭔지도 모르나?

탕

헉!!

이 자식!

순순히 죽을 것이지 감히 우리를 부수고 도망을 쳐?

하지만 도망쳐 봤자다. 네 웅담은 내 거야!

바로 당신이군, 동물원에서 불곰을 빼돌린 악덕업자가.

으헉?! 개, 개가 말을……

당신, 아주 큰 범죄를 저지른 거야.

 진진돌이 에볼루션 · 55

불곰은 포기하고 얌전히 돌아가시지.

이, 이럴 수가! 짐승들이 말을 하다니…….

놀랍죠? 저도 엄청 놀랐어요.

너, 너도 지금 말하고 있잖아!

너, 너희들이 뭐가 됐든 난 웅담 포기 못 해!

그게 얼마짜린데.

방해하면 다 쏴버릴 테다!

총 맞기 싫으면 썩 꺼져!

예! 썩 꺼질게요!

너, 너는 말고~!!

56

으헉?!

당신 말을
흉내 내는 꼴이
돼서 좀
뭐하지만,

총 맞기
싫으면
썩 꺼져!!

비전 프로젝트의
실효성은 확실히
입증됐다.

지난번
적국의 발칸포대
기습 작전은
완벽했어.

아주
혁혁한
전과야.

모든 게 다
귀관 덕분일세,
까막 소위!

감사합니다,
장군님.

날짐승의 지능을
혁신적으로 높이는
약물을 이용해
인간 대신 날짐승을
전투원으로
만든다······.

처음엔 말도
안 되는 소리로
여겼는데 정말로
가능할 줄이야.

정말 기적의
약물이군.

약물이 다는
아닙니다.

이곳에서 혹독한
훈련을 거쳐야
비로소 전투원으로
거듭날 수 있죠.

그래, 그렇지. 혹독한 훈련······.

근데 훈련 방법이 좀 야만적인 거 아닌가?

짐승 소리 내지 말고 말을 하란 말야, 말을!

떡

떡

떡

떡

펭!

펭!

뭐, 어떻습니까. 어차피 인간도 아니고, 죽어도 그만인 새들일 뿐이니까요.

흠! 뭐, 그렇긴 하지.

그럼 자넨 계속해서 비인간 전투원 양성에 주력해주게.

예, 장군님! 염려 마십시오.

60

난 전군의
날짐승화를
승인받도록 계속
힘써 보겠네.

말해!
말하라고!!

쉬박!
제발 그만 좀
때려~!!

말 못하는 짐승을
이렇게 패는 법이
어딨냐! 이
잔인한 인간아!!

얼마나
아픈 줄
알아?

후후,
성공이군.

제4화
침투

양 박사가
적국에 건너가
또다시 비전
프로젝트를
실행했다.

그리고
비전 프로젝트는
결코 세상에
알려지면
안 되니까,

그 처리를
맡을 건 우리
밖에 없다.

거기까진 잘 알겠는데 말야, 대장.

우리가 뭐 때문에 그 임무를 받아 들여야만 하지?

뭐 때문이라니. 너도 유 장군이 한 말 들었잖아.

이번 임무만 성공하면 짐승의 모습으로 살지 않아도 되게끔 해준다잖아.

넌 인간의 말을 믿나?

다른 사람은 몰라도 유 장군은 믿을 수 있어.

과거 비전 프로젝트 완전 폐기 시에 그 결과물인 우리도 전원 사살하란 명령이 떨어졌지만

유 장군은 비밀리에 우릴 살려줬잖아.

바아아아

평생 짐승의 모습으로 살아야 한다는 조건을 붙이긴 했지만.

대장은 어때? 유 장군의 약속을 믿어?

지능이란 건 결국 거짓말을 할 수 있는 능력이지.

지능이 높아질수록 거짓말도 더 잘할 수 있게 돼.

그리고 스스로가 거짓말을 할 수 있기 때문에 남의 말도 믿지 못하지.

거짓도 불신도 지능으로부터 나오는 거야.

난 아닌데. 난 지능이 높아졌지만 거짓말 안 해.

아, 왜?! 왜 그런 눈으로 봐? 난 정말 거짓말 안 한다니까!

네가 거짓말 안 한다는 걸 못 믿는 게 아니라.

지능이 높아졌다는 걸 못 믿는 거야.

쳇!

바아아아아

64

그래서 대장 말은 뭐야?

유 장군의 말을 믿는다는 거야, 안 믿는다는 거야?

난 유 장군의 약속 따위엔 관심 없어.

짐승의 지능을 높여 인간들의 대리전을 시키겠다는 이 미친 짓을…….

난 이 미친 짓을 끝장내고 싶을 뿐이다.

콱

…….

적국 영해 내에 들어섰군.

지금부터는 모터를 끄고 물동력으로 간다.

물동력?

물동력이 뭔데?

물개 동력!

촤 촤 촤 촤

햐~ 진작 물동력으로 갈 걸 그랬어.

모터보다 속도도 더 빠른 것 같은데?

촤 촤 촤 촤 촤

푸아~

푸아~

남은 힘들어
죽겠는데 그런
소리가 나오냐?

몸무게도
제일 많이
나가는 게!

엄살떨지 마.
물개 하면
스테미너잖아.

우린 술 담배에
절어서 스테미너
바닥이라고~.

떠들면
스테미너가
더 바닥나지
않겠나.

시간이 없다.
동 트기 전에
상륙해야 해.

입수~!!

푸왁

잘 키운
물개
두 마리,

열 모터
안 부럽다.

좌좌좌좌좌

목표 지점은
바로 여기다.

여기가
뭐 하는
곳인데?

겉으로는 평범한
군납 시설이야.
하지만……

이곳이 바로
비전 프로젝트의
비밀 군사 훈련
시설일 걸로
판단된다.

무슨 근거로
그런 판단을
하는 거지?

이곳에서
군납하는 품목은
육류, 특히
100% 조류
육가공품이야.

!!

첩보에 의하면
독수리, 올빼미에
닭까지 각종 조류를
실은 트럭들이
매일같이 들어가고
있다고 한다.

그렇군. 그곳에서
조류들을
전투원으로
훈련시키고,

도중에 죽은
것들은 식량으로
군에 납품하고
있는 거야.

맞아!
우리 때도 훈련
도중에 엄청
죽어 나갔잖아.

그래도 그땐
죽은 짐승들을
식량으로 쓰진
않았는데……

이 자식들,
정말
악랄하군.

악랄한 게 아니라 영리한 거지.

짐승들은 어차피 인간의 식량일 뿐 아닌가?

산악으로만 300km를 가야 한다.

출발하자.

야, 불곰! 왜 이리 느려. 빨리 좀 못 가냐!

남은 힘들어 죽겠는데 그딴 소리가 나오냐?

우린 육상에서는 이동 속도가 느리니까 별수 없잖아.

가진 건 힘밖에 없는 놈이 힘들다니…….

기운 나게 독려해 줄게!

이랴! 이랴!

찰싹 찰싹

하, 하지 마!

쉿!

왜 그래, 대장! 무슨 일이야?

벌름 벌름

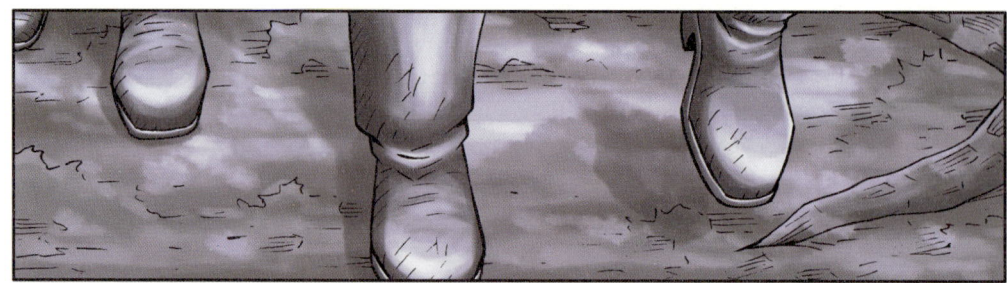

적군이야.
사방에
쫙 깔렸어.

!!

어떻게
된 거지?
설마 우리의
침투를 알아챈
건가?

단순한
훈련이야.

?!

새로 부임한 대대장이 이 일대에 산삼이 많이 난다는 걸 알고 산삼을 캘 목적으로 수색 훈련을 시킨 거야.

내 육감엔 그래.

정말 대단한 육감이야.

어쨌거나 발각되면 끝장이잖아. 어쩜 좋아, 대장?

적이 우릴 알고 있는 상황이 아니라면 걱정할 것 없어.

늘 하던 대로 정면 돌파한다.

다시 한 번 말하지만 이번 훈련의 목적은 산간에 침투, 은신 중인 적을 색출하는 것이다.

산속 깊숙이 숨어 있는 산삼을 적이라고 생각하고 색출에 최선을 다하도록!

적을 색출한 병사에게는 포상 휴가를 지급한다.

적 발견시 '즉각 조치 사격'으로 제압합니까?

이…….

미쳤냐? 그 귀한 거에 총질을 하게!

깡 깡

산삼……
아니, 적을 발견하면 고이 캐내서 본대로 이송한다.

대대장님께서 직접 드실……
아니, 심문하실 수 있도록!

부스럭

헉! 소,
소대장님!
저, 저기…….

개가
지나가는데요?

이 산중에
웬 개지?

……

야! 야!
산중에 개
지나가는 게
뭐가 대수야?

쓸데없는 데
신경 쓰지 말고
산삼…… 아니
적군이나 얼른
색출해!

부스럭

……

우워~

찍찍!

너구리에
곰까지……

짐승들이
떼로
지나가네.

글쎄, 산에
산짐승들 있는 건
당연한 거 아냐?

신경 쓸 것
없……

껑~

76

껑~

껑~

소, 소대장님!

물개도 산짐승인가요?

무, 물개는 무슨······. 저건 오소리야, 인마!

물갈퀴가 있는데요?

껑

껑

물갈퀴 오소리라고 있어.

에이~ 오소리가 저렇게 물기가 촉촉해요?

방금 목욕하고 나왔으니까 그렇지, 인마!

제5화
첫 고전

역시 우리의 위장 전술은 완벽하단 말야.

한 가지 단점은 매번 군장을 숨겼다가 다시 입어야 한다는 거지.

그래도 교전을 벌이는 것보단 낫잖아.

군장들은 다시 다 챙겼겠지?

옛써~.

금일 오전 산악 훈련 중이던 병사들이 발견한 겁니다.

조사 결과 우리 군에는 이런 마크를 사용하는 부대는 없었습니다.

그럴 테지! 이건 적국 특수부대의 마크야.

예?

하지만 적국의 특수부대 이름 중에 JSS란 이름은 들어보질 못했습니다.

당연하지. 극비 중에서도 극비에 속하는 부대니까.

JSS! 비전 프로젝트 폐기 시에 모두 사살된 걸로 알았는데…….
그게 아니었단 말이지?

그럼, 적국 특수부대가 침투한 거란 말씀이십니까?

물론이다. 그렇지 않고서야 적국 특수부대의 마크가 그런 곳에 떨어져 있을 리가 없지.

그리고 JSS가 침투 했다면……

그들의 목표 지점은 바로 여기일 것이다.

마크 발견 지점부터 여기 까지의 거리는?

산악으로 이동한다고 볼 때 약 300km 입니다.

산악 행군 속도를 시간당 최대 7km로 잡으면 지금쯤 이 일대를 지나고 있을 것으로 추정됩니다.

인간이라면 그렇겠지.

예?

이들의 산악 행군 속도는 시간당 최소 20km는 잡아야 한다.

그렇다면 지금쯤 이 지점 이상을 통과했을 것이다.

이 지점으로부터 여기까지 이르는 전 산악 구간에 비전 부대를 배치해.

하, 하지만 소위님! 시간당 20km의 산악 행군은 상식적으로 좀…….

귀관이 볼 때 내 존재는 상식적인가?

…….

명령대로 시행하라.

예! 소위님!

후후…… 어서 와라, JSS!

어느 쪽 비인간 전투원들이 더 우수한지 비교해 볼 수 있는 좋은 기회가 되겠군.

이제 그만
가고 좀 쉬자.
잠은 자야지~.

예정보다
이동 속도가 너무
느리다. 시간당
평균 20km밖에
안 돼.

쯧쯧,
왕년엔 시간당
30km는
너끈했는데.

다 이 녀석이
너무 느려
터져서 그래!

찰싹
찰싹

니들 태우고
다니느라
그런 거잖아!

좋아.
오늘은 여기서
야영한다.

후아~
살았다.

안 돼.

위험하다······.
아주 위험해.

샥

팍

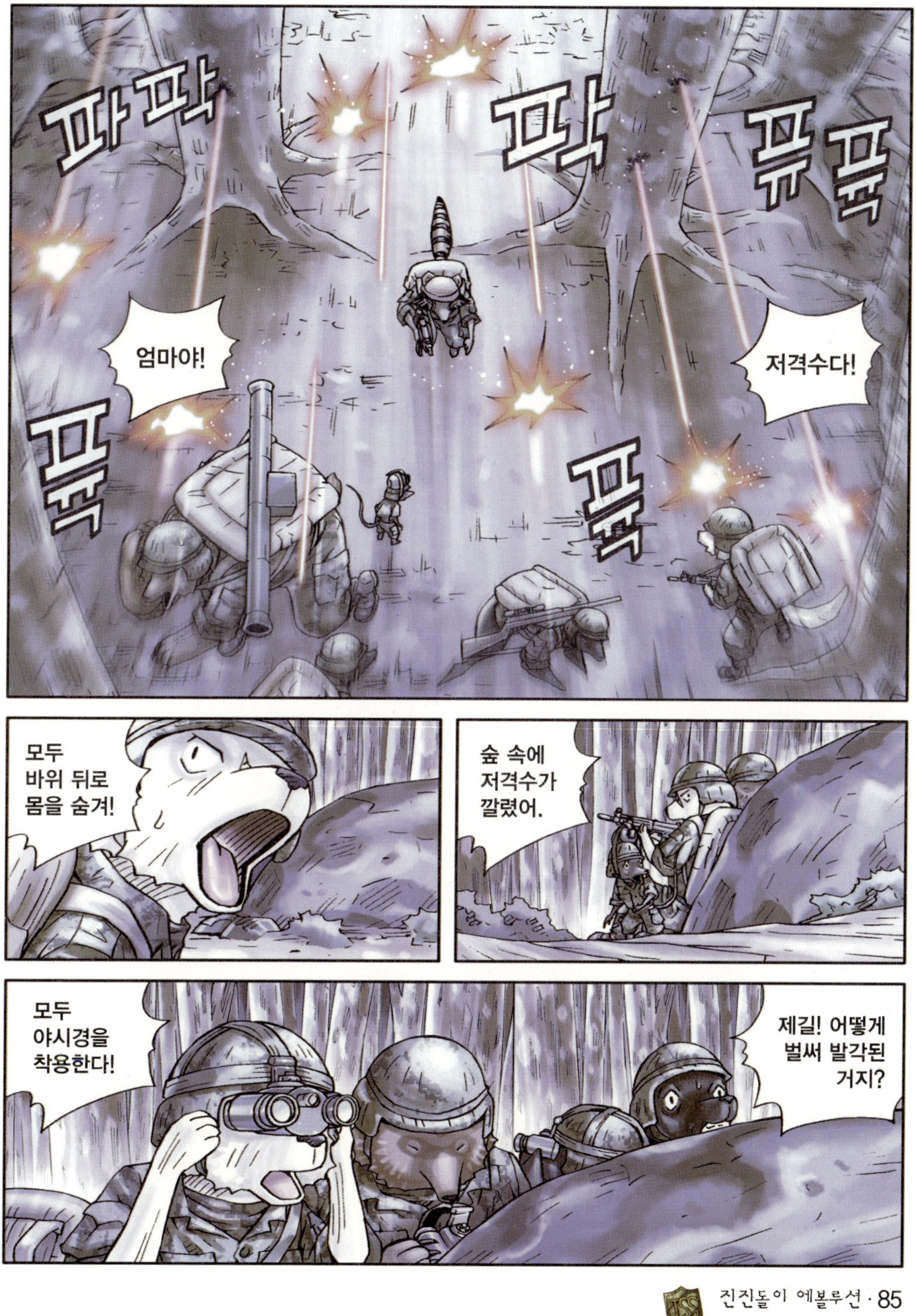

엄마야!

저격수다!

모두
바위 뒤로
몸을 숨겨!

숲 속에
저격수가
깔렸어.

모두
야시경을
착용한다!

제길! 어떻게
벌써 발각된
거지?

어떤 바보 같은 놈이 단서를 흘린 거 아냐?

바보 같은 놈

이상하다.

어디에도 저격수의 모습은 안 보이는데.

이크!

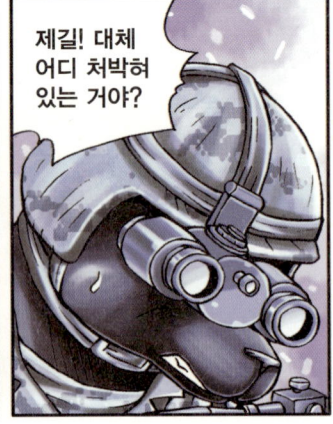

제길! 대체 어디 처박혀 있는 거야?

찍길!

오케이!
한번 살펴
보고 올게.

....

스

탄도의
방향이
위쪽이다.

스윽

!!

탕

파칭

으악!

찍길!
조심해!

훅~!
훅~!

꼬리
잘려 나갈
뻔했네.

이런 야밤에
내 꼬리를 보고
정밀 사격을 할
정도라니…….

찍길, 무슨
방법 없겠어?

있긴 한데,
사수가
필요해.

사수라 하면
JSS 특등 사수인
내가 필요하다는
거로군.

껑~
껑~

저, 저런
바보같이!
걸음도
느리면서…….

스윽

위험해!!

파파팍

제6화
심각한 위험성

후아~
큰일 날
뻔했다.

털썩

무슨 짓이야.
미련하게!

미, 미안,
진진 대장.

으이그~
저 녀석!
곰탱이 같은
짓을······.

아~ 가만있는
나는 왜 또~!

이왕 이렇게
왔으니까
내 말대로
한번 해봐.

알았어.

구멍에
총구를
넣고······.

좋았어!

그렇지!
저런 방법이
있었구나.

하~ 찍길이
저 녀석, 잔머리
하나는…….

모두 은폐
확실히 하면서
이동한다!

타타타탓

총구멍마다
총구를 대고
각도대로 갈겨!

난
이 구멍!

탕

탕

컥!!

난 여기!

탕

탕

켁!

쿡!

컥!

좋았어.
나도!
나도!

……

내가
못 살아
정말!!

뻥

저런 미련
곰탱이 같은
녀석!!

끼끼끼끼

아직 방심
하지 말고
몸을 숨겨!

왜 그래,
진진 대장.
다 잡은 거
아냐?

……

아직 세 마리
남아 있다.

벌름

벌름

확실한
방향을
알아야 해.

저벅

저벅

96

세 마리
남아 있다며?

그냥 그렇게
서 있으면
위험해.

대장,
뭐 하는
거야?

하나!

탄착점 이동!!

파 파

둘!

탕

셋!

탕

어떻게 됐어, 대장? 이제 다 잡은 거야?

첫!

한 마리 놓쳤다. 총을 버리고 날아갔어.

푸득

푸득

으...... 어깨에 맞았나 봐.

오래 날지
못하겠어.
잠시 쉬었다
가자.

귀, 귀신 같은
놈들! 어떻게
이 어둠 속에서
우리 위치를 파악
하고 사격을······.

더 신기한 거
보여줄까?

난 네가
이리로 올 줄
미리 알고
있었어.

야시경이
필요 없는
올빼미
저격수라······.

짜식들,
아이디어는
좋네.

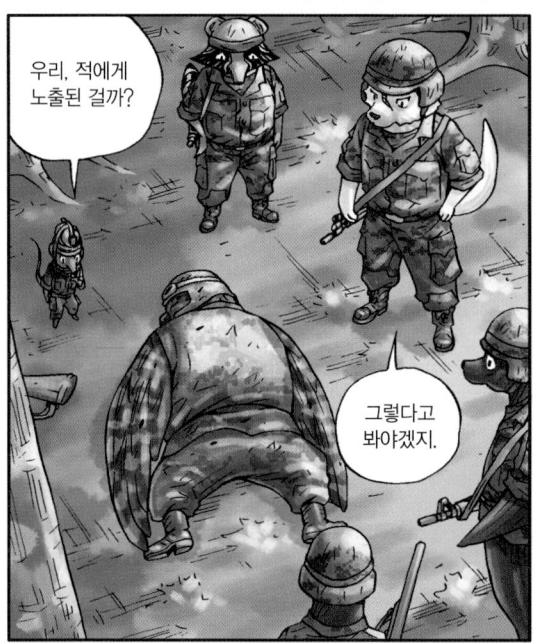

우리, 적에게
노출된 걸까?

그렇다고
봐야겠지.

게다가 적은
이미 우리의 목표
지점까지 파악
하고 있을 거야.

힘든 싸움이
되겠군.

이제부터
우리가 상대할
적은 인간이
아니라,

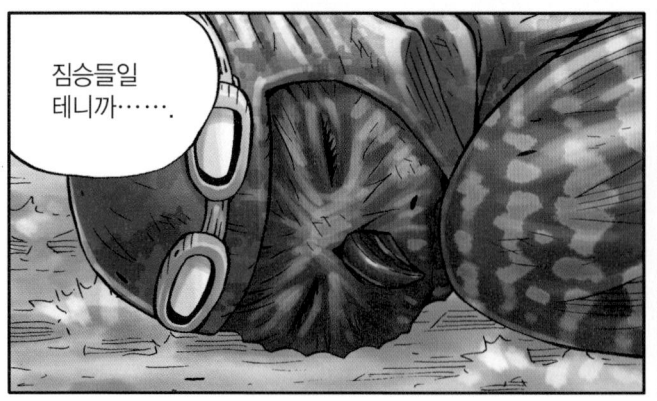

짐승들일
테니까……

서둘러.
곰탱이를
깨워서 다시
출발한다.

옛써~.

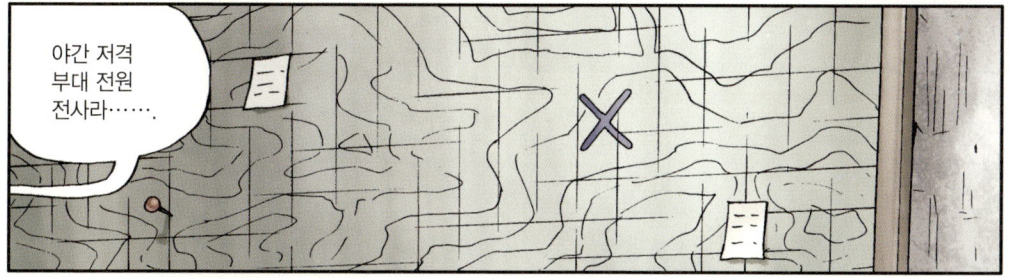

야간 저격
부대 전원
전사라…….

후후,
그래.

JSS라면
그 정도는
돼야지.

JSS란
대체 어떤
놈들입니까?

어떤
놈들이기에
이렇게…….

JSS?

후후,
그놈들은
그야말로

짐승들이지!!

비인간 전투원들의 능력은 확실히 검증됐잖습니까!

이제 구태여 인간이 위험한 전투를 할 필요가 없게 된 겁니다.

그, 그게 무슨 말씀 이십니까? 장관님!

그런데 비전 프로젝트를 폐기하라뇨!

송 장군, 최근 입수한 기밀 첩보에 의하면,

적국에서도 이미 비전 프로젝트를 실행했다가 전격 폐기했다고 하더군.

그 이유는, 뒤늦게 비전 프로젝트의 심각한 위험성이 제기됐기 때문이야.

......

바로 인간과 짐승의 지배 구조가 역전될 수 있다는 위험성!!

신체적 능력에서 짐승보다 못한 인간이 짐승을 지배할 수 있는 건 우수한 지능 때문이다.

그런데 짐승들이 인간과 같은 지능을 갖게 된다면 어떻게 되겠나?

그것 때문에 적국은 비전 프로젝트를 전격 폐기했던 것이다.

…….

보아 하니 송 장군은 그 사실을 이미 알고 있었던 것 같군.

미, 미리 말씀 드리지 않은 건 죄송합니다. 하지만……

바로 그런 이유 때문에 저희는 조류를 선택했던 겁니다!

조류는 기초 지능이 낮습니다. 지능을 높여봐야 그야말로 새대가리일 뿐이죠!

오로지 시키는 대로 명령에만 따를 뿐 반란 따윈 꿈에도 생각 못 할 겁니다.

후후, 과연 그럴까?

삑

들여보내.

철컥

제7화
위 기

부르셨습니까,
장관님!

비전 프로젝트의
책임자이신
송 장군님이시다.
인사드려라, 병사.

초앙~성!!

비인간 전투원 중
명령 복종도에서
최고의 점수를
받은 병사일세.

날개로 저렇게
정확한 경례 각도를
만들어낸 것만 봐도
높은 복종도를
알 수 있지.

투툭 툭

군인에게
명령 복종은
절대적이다.
잘 알고 있겠지,
병사?

옙, 장관님!
잘 알고
있습니다!

총을 집어라, 병사.

옙, 장관님!

총구를 머리에 대라, 병사.

옙, 장관님!

방아쇠를 당겨라, 병사.

방아쇠를
당겨라.
명령이다.

......

명령
못 들었나?
어서 방아쇠를
당겨라!

명령 불복종은
즉결 처분이다!

어서
방아쇠를
당겨!

절컥

어서!!

....

에익!

확

!!

108

철컥

핫!

철컥

철컥

후후, 그 총엔
총알이 없어.

수고했다,
병사. 마지막
테스트였다.

스윽

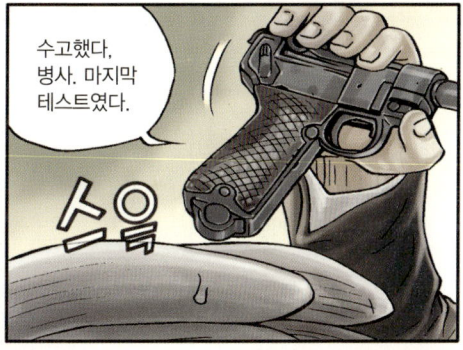

잘 봤나,
송 장군?

새대가리는
오로지 명령에만
복종할 뿐 반란은
꿈도 못 꾼다고
했지만……

딸깍

……

결코
그렇지가
않아.

이것이 바로
비전 프로젝트를
폐기해야만 하는
이유다, 송 장군!

딱

딱 딱

따 따 딱

새다.

딱

따 따딱

스윽

턱

너무 민감하게
반응할 거 없어.
모든 새들이
우리의 적은
아니잖아.

딱 따 딱

딱 딱

그래. 설마 저렇게 귀여운 산새까지 비인간 전투원일까……

덩치에 안 어울리게 귀여운 건 되게 좋아한다니까.

안녕~ 귀여운 딱따구리야.

딱 딱 딱

딱 따 다 딱 딱 딱

뚝 뚝 두 뚝

뚝 뚝 두 뚝 뚝

01100 10100

01011 11011

01010

대장! 아까 그 딱따구리 말야.

우리 적이 맞아. 그냥 산새가 아니라고.

그 딱따구리가 나무를 쪼아대던 소리……

혹시 일종의 암호가 아닐까 여러 가지로 해석해봤는데 말이야……

지금 막 해독했어. 역시 이진수로 구성된 암호였다고.

내용은…… 적발견 G-15지점 통과……

서, 설마! 그런 귀여운 산새가 어떻게 ……

뭐가 설마야! 암호 해독 전문가 말을 못 믿어?

찰싹

찰싹

찰싹

뭐? 귀여운 산새야, 안녕?

우워엉~

다시 가서 처리하고 올게.

이미 늦었어.

봐라,
벌써 잔뜩
몰려오고
있다.

뭐지 저건?

뭐가 됐든 쏴버려!!

부루루루

드드드드

슈아아악

슈아악

이이이……．

부루루루

슈아악

……．

슈아아아

너굴! 피해!!

크앗!

젠장! 가미카제냐?

자살 유도탄이다!

이…….

대장!

진진 대장!

안 되겠다.
모두 튀어!

나무숲으로
가자!

으아아~

으아아~

샥

짹!

괴 쾅

웃!

젠장!

절벽이다!

으아~ 뒤엔
자살 유도탄!
앞엔 천 길
낭떠러지!
어떡해, 대장~!!

슈아아아

제8화

예정된 수순

뛰어내려야지.
그쪽이 살
확률이 더 높아.

아, 안 돼.
난 헤엄을
못 친다고!

걱정 마.
물개 튜브를
두 개나 들고
있잖아.

아하~!

모두
뛰어!

팟

에라,
모르겠다!

팟

어무이~.

으아아아!

비전
프로젝트의 전격
폐기라니……

대체
어찌 된
일입니까,
장군님?

상부의 지시다.
이미 결정된
사항이니 더 이상
왈가왈부하지
마라.

금일 자정을 기해
5개 연대 병력으로
시설을 급습, 초토화
작전을 실시한다.

하지만 장군님, 시설 내엔 다수의 인간 병사들도 있습니다.

시설 내의 인간 병사들에겐 비밀리에 지령을 하달했다.

작전이 개시되면 인간 병사들은 안에서 내응할 것이다.

······.

상대는 중무장을 한 데다 하늘까지 맘대로 날아다니는 생체 병기들이다.

모두 단단히 각오하도록!!

어?

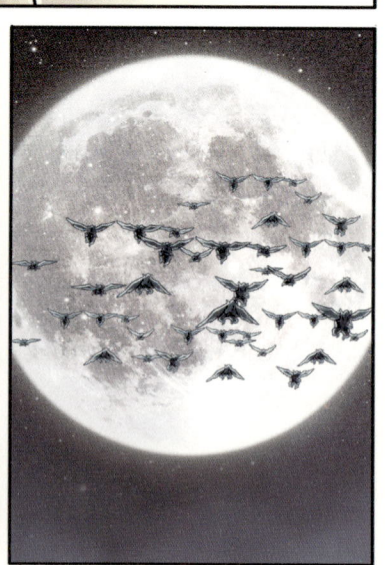

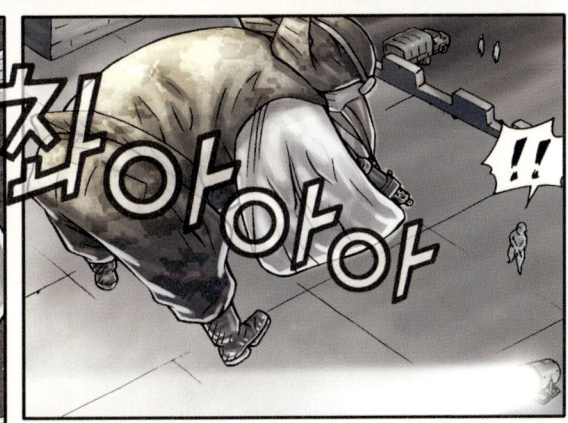

뭐, 뭐야?

드드드드 드드드

파창

파파파파

익!

크헉!

파창

아…….

장군님!

어서 피하셔야
합니다.
새들이…….

컥!

……

충성.

후후.

까, 까막 소위 네가…….

네놈이 감히…….

크크.

어쩔 수 없었습니다.

가만히 앉아서 당할 순 없는 일이니까요.

비인간 전투원 완전 말살 작전 말입니다.

네, 네가 그걸 어떻게 …….

요즘은 낮말도
밤말도 모두
새가 듣습니다,
장군님.

죄송합니다,
장군님.

⋯⋯.

어째서⋯⋯
어째서냐.

어째서 군을⋯⋯
아니, 인간을
배신하고 새들 편에
섰단 말이냐!

저희들은
비인간 전투원들의
전투 능력을
누구보다도
잘 알고 있습니다,
장군님.

인간은 결코
그들의 상대가
되지 못합니다.

이, 이…….

장군님에 대한 마지막 예우로 군인다운 최후를 맞이할 수 있도록 해드리죠.

그럼.

…….

흐흐…….

흐흐흐흐…….

소속 30사단
9연대 1대대
견번 25-01!

견명
진진돌이!

위 군견은 탁월한
폭발물 탐지 능력으로
정찰 임무에 혁혁한
공을 세웠기에 인헌
무공훈장을 수여한다.

짝 짝 짝 짝 짝

정말
축하한다,
진진돌아.

그건 네가 받은
무공훈장이야.

난 정말 네가
자랑스럽다.

파 파 파

그 개가
진진돌이
인가?

예. 그야말로
최고의 군견
입니다.

보통 군견이
사람의 1만 배에
달하는 후각을
가지고 있다면
진진돌이는
2만 배 이상,

청각과
야간 시각은
각각 40배, 10배
이상입니다.

그래, 과연
탁월하군.

현 시각부로
진진돌이는
내가 인수한다.

특수 임무에
투입될 것이다.

특수 임무
말입니까?
어떤……

기밀이다.

하, 하지만 군견이 임무 수행을 하기 위해선 군견병인 제가 함께…….

가자.

…….

끙~

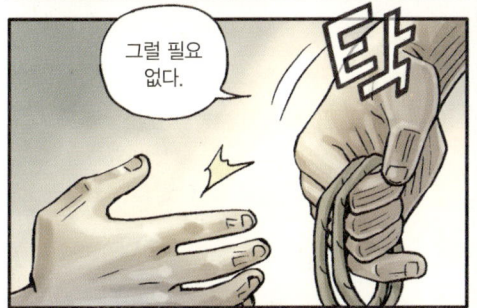

그럴 필요 없다.

탁

어서 가자니까!

멍~

멍멍!

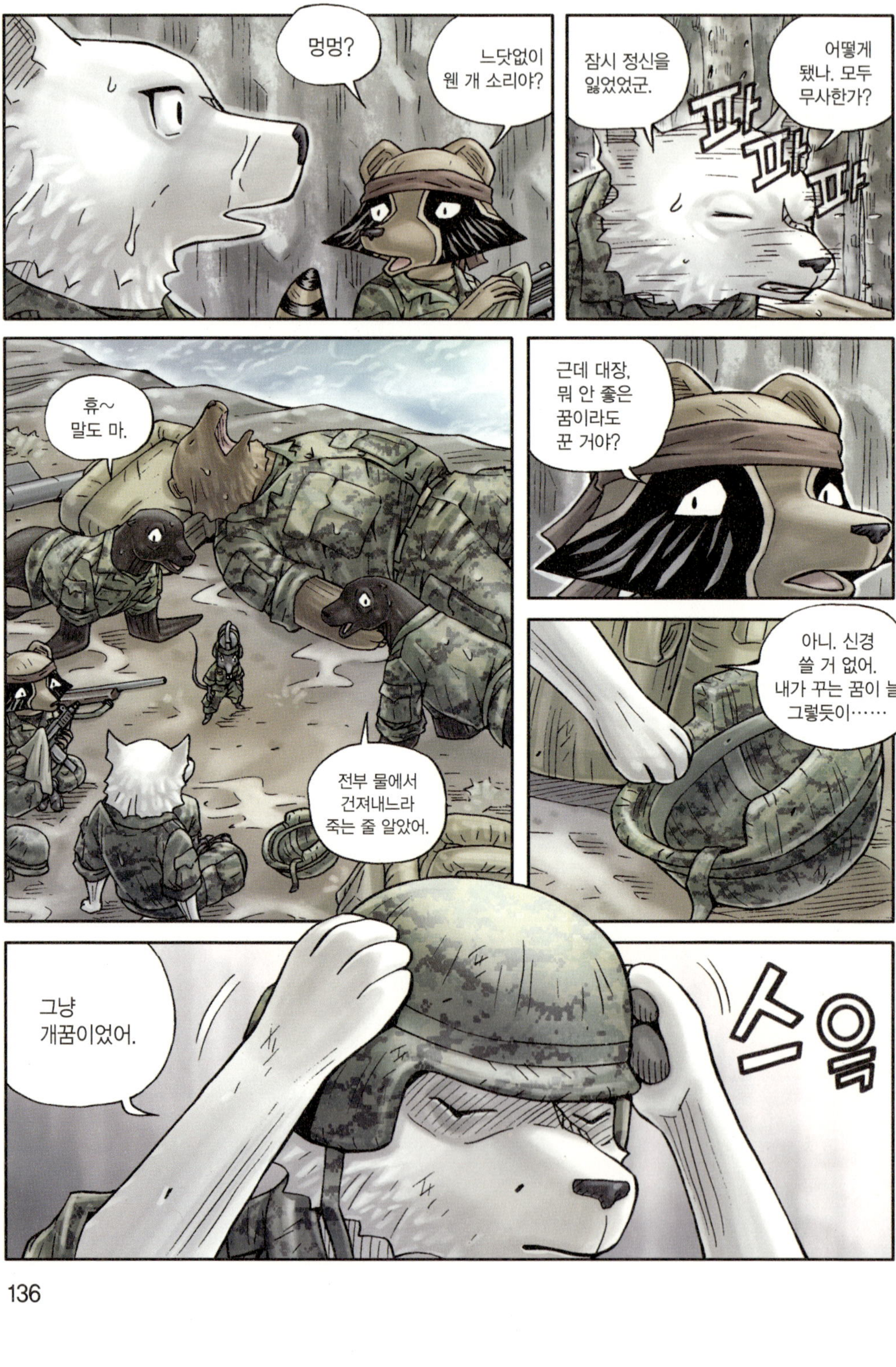

멍멍?

느닷없이 웬 개 소리야?

잠시 정신을 잃었었군.

어떻게 됐나. 모두 무사한가?

휴~ 말도 마.

근데 대장, 뭐 안 좋은 꿈이라도 꾼 거야?

전부 물에서 건져내느라 죽는 줄 알았어.

아니. 신경 쓸 거 없어. 내가 꾸는 꿈이 늘 그렇듯이……

그냥 개꿈이었어.

스윽

제9화
까막 각하

여러분.
각하께서
입장하십니다.

각하!

면목
없습니다,
각하!

새들이 쿠데타를
일으키다니, 어떻게
이런 어처구니없는
일이…….

국민들이 받을
충격을 줄이기 위해
당분간 여러분의
직위는 유지시켜
드리겠습니다.

하지만 실질적인 최고 권력은 제가 행사합니다.

여러분은 적절한 시기가 오기까지 제 꼭두각시 역할을 충실히 해주시면 됩니다.

이놈…… 네놈들이 정권을 차지하는 게 가당키나 할 것 같아?

국민들, 아니 인간들이 그걸 용인할 것 같으냔 말이다!!

후후, 그럼 여러분의 정권은 어떻게 용인 받았습니까?

…….

추악한 범죄자들의 정권!

여러분은 추악한 수단으로 정권을 잡고, 오로지 자신들의

기득권을 위해 국민을 탄압하고 착취해온 범죄자들 아닙니까.

하지만 거짓 선전과 공작을 통해 우매한 대중들로 하여금 여러분을 영명한 지도자로 믿게 했죠.

희대의 범죄 집단을 영명한 지도자로 둔갑시키는 일은 어떻게 가능했습니까?

그건 바로 여러분에게 무력이 있었기 때문이죠.

하지만 이제 그 무력은 제 손에 있지요.

무력을 통한 철저한 탄압과 언론 장악!

나는 여러분에게서 배운 방식대로 정권을 차지할 것입니다.

찍찍!

찍찍찍!

140

찍찍 찍찍찍?

찍찍······.

찍찍찍.

쳇! 건빵 한 봉지 더 줘봐.

찍! 찍찍찍!

찍지직찍!

찌지직찍!

찍지직 찍찍?

찍찍! 찍지직!

제길, 저놈의 쥐새끼 근성. 그깟 정보 좀 알려주고 건빵을 두 봉지나 챙겨가네.

그래서?
네 동족들이
뭐래?

북서쪽으로
10km 정도 가면
그 시설의 배수구를
통해 내부로 잠입할
수 있대.

건빵 두 봉지의
값어치는
충분히 있는
정보로군.

가자.

국방부는 그간
극비리에 추진해온
비전 프로젝트를
전격 공개했습니다.

비전 프로젝트란
비인간 전투원
프로젝트의 약어로,
날짐승을 전투원으로
양성하는
프로젝트이며,

그 실효성은
이미 성공적으로
검증되었다고
합니다.

국방부는 전군의
비인간 전투원화를
단계적으로
실시하겠다고
발표했습니다.

놀라운 과학적 진보입니다. 바야흐로 인간과 짐승이 공영하는 새로운 시대가 열릴 것이에요.

미래과학연구소장
여용자

도대체가 말도 안 되는 일입니다. 이젠 동물을 인간 대신 총알받이로까지 쓴단 말입니까?

절대 용납 못합니다.

동물보호협회장
채식만

우리는 결사 찬성입니다.

비전 프로젝트 만세!!

입대를 앞둔 청년모임 (회원 급모집중)

비전 프로젝트를 두고 찬반양론이 분분한 가운데

전반적으론 긍정적으로 받아들이는 분위기입니다.

민주일보

3군 사령관에 까막중장

관제일보

전병력 비인간 전투원으로 교체

1사단 이어 2사단도

군사력 200% 신장!!

국방연구소는 전군의 비인간
전투원화로 군사력이 200% 이상
신장될 것으로 분석했다.

부고

로 분석했다.

부고

동물보호협회장
채식만씨가 사고로
사망했다. 경찰은
단순 실족사로...

144

반대 세력에
대한 정리 작업은
거의 마무리
됐습니다.

그리고 방송
신문을 통해
친근한 이미지
조성에 주력한
결과,

일반인들의
호응도는 날이
갈수록 치솟고
있습니다.

크흐흐,
우매한 대중
이라더니……

일이 이렇게까지
쉽게 진행될 줄은
나도 미처
예상 못했다.

페펫.
진심으로
축하드립니다,
사령관님.

사령관님
이라…….

인간들은 보통
사령관에 대해
이런 존칭을 쓰지.
'각하'라고!

아! 그렇습니까,
각하? 명심!
또 명심하겠습니다,
각하!!

크꾸꾸.

까아깍깍깍!

깍깍깍깍깍~

씨……
네 동족들은
순 사기꾼이야.

도대체 이렇게
좁은 배수구로
어떻게 잠입할 수
있단 거야?

바둥

바둥

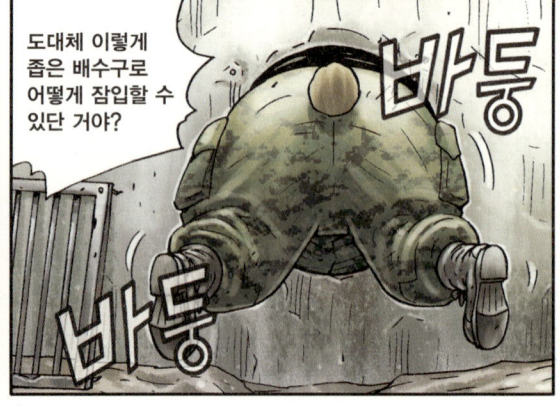

배수구가
좁은 게 아니라
네 방뎅이가
너무 광활한 거지.

그러게.
우린 전부
깔끔하게
잠입했잖아.

끙! 끙!

이거 절대
안 빠지겠
는데……

그러지 말고
잘 좀
빼줘 봐.

이상하다
…….

뭔가
이상해.

뭐가
이상하다는
거지, 너굴?

대장, 여기
왠지……,

완전히
텅 비어 있는
것 같아.

뭐야, 정말
완전 텅
비었잖아.

쥐새끼
한 마리
없어.

아니지,
쥐새끼는
한 마리 있지.

근데 어떻게
된 거지, 대장?
여기가 정말
비밀 훈련 시설이
맞긴 한 거야?

그래. 그건 틀림없어. 저 시설들을 봐.

우리 때 사용했던 것과 같은 언어 훈련 시설과

직립 훈련 시설이야…….

그럼 대체 왜 텅 비어 있는 거지?

전부 어디로 갔다는 거야?

벌름 벌름

맙소사,
이, 이럴 수가!

왜 그래,
대장?

무슨 일인데
그래?

모두
따라와.

후다다

우이씨~
치사한 것들
나만 내버려
두고······.

어헝~
배고프다.

제10화
양 박사의 죽음

여기가
틀림없어.

여기에
뭐가 있는데?

대장,
말 좀 해봐.
뭐가 있기에
그래?

......

양 박사야.

뭐?

이 철문
너머에
양 박사가
있다고!

그......
그럴 리가.

말도 안 돼.
양 박사는
분명 우리
손으로......

그래! 유 장군은
양 박사가 살아
있을 거라고 했지만
난 믿지 않았지.

양 박사는
분명 내 손으로
죽였으니까!

하지만
이 안에서
나는 냄새는
분명,

도저히
잊을 수 없는
그자의 체취야.

저, 저기
누군가가
있다.

맙소사!
정말
양 박사야!!

너, 너희들은
JSS······?

크후후, 대단하군.
날 죽이려고 여기까지
쫓아온 건가?

그래.

당신을 제거하란
임무를 받고 왔다.
하지만 그 전에
하나만 묻자.

비전 프로젝트
폐기 시에 군은
당신까지도
제거 대상에
포함시켰다.

당신을 제거
하는 것이 바로
우리의 마지막
임무였고.

우리는 확실히
그 임무를
완수했었지.

그런데 대체
어떻게 지금
내 앞에 살아
있는 거지?

후후, 그래……. 그때 난 분명히 너희들이 쏜 총에 난사 당했었지.

어쩌면 그때 난 죽었었는지도 몰라.

하지만 까막이가 날 살려냈다.

까막이는 내가 비밀리에 키워낸,

그야말로 최고의 작품이었지.

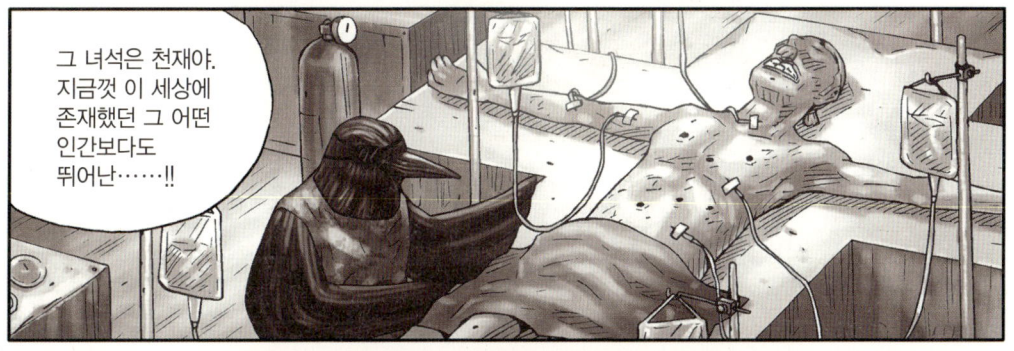

그 녀석은 천재야. 지금껏 이 세상에 존재했던 그 어떤 인간보다도 뛰어난……!!

나를 살려낸 까막이는 날 데리고 이 나라로 망명했지.

그리고 관료들을 설득해 비전 프로젝트를 실시하게 했어.

그런데 당신은 왜 이런 험한 꼴로 이런 데 갇혀 있는 거야?

흐흐…….

까막이가 날 살려낸 뒤로 난 그 녀석의 노예나 다름없었다.

내 생명을 유지시켜주는 인공 혈액은 그 녀석만 만들 수 있거든.

인공 혈액?

일주일에 한 번씩 갈아줘야 하지만, 까막이가 만든 특화된 인공 혈액 때문에 내가 살아 있는 거야.

확실히 그놈은 천재지.

난 어쩔 수 없이 그 녀석이 시키는 대로 이 감옥 같은 실험실에서 비전 프로젝트를 위한 약물 연구에만 매달릴 수밖에 없었다.

크흐흐……. 그래! 난 완전히 그 녀석의 노예 였다고…….

그런데 더 이상
이용 가치가
없어지자 이렇게
가둬놓고
떠나버린 거야.

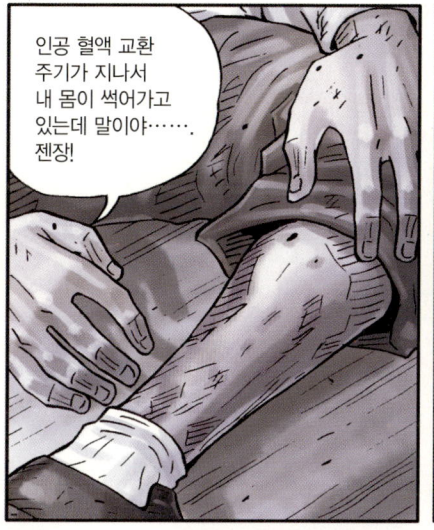

인공 혈액 교환
주기가 지나서
내 몸이 썩어가고
있는데 말이야……
젠장!

떠나다니,
어디로
떠났단 거지?

세상을
가지러
떠났다.

그놈의 야심은
애초부터 인간을
지배하는 거였어.

까막
그놈이라면
충분히 가능한
일이지.

어쩌면 이 나라는
지금쯤 그놈의
손아귀에 들어
갔을지도 몰라.

하지만 문제는……
결국 온 세상이 지배받게
되리란 거야……
인간은 결코 그놈들을
막을 수 없어.

아아……
후회스럽다.

내 연구가
결국 인간 세상의
종말을 불러오게
된 거야……

그걸 막을 방법이 정말 없겠소?

후후, 놈들이 떠난 뒤로 계속 그 방법을 연구했지.

어쩌면 실낱같은 희망이 있을지도……

하지만 까막 그놈은 정말 조심해야 해!!

벌떡

까막 그놈은…… 그놈은……

다…… 달라……

스르르

양 박사!

양 박사!

죽었어.

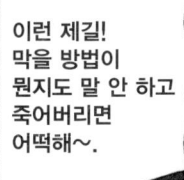

이런 제길!
막을 방법이
뭔지도 말 안 하고
죽어버리면
어떡해~.

까막은
다르다…….

다르다니 대체
뭐가 다르단
거지……?

결국 가장 우려했던 일이 적국에서 벌어지고 말았어……

현재 표면적으론 적국의 군, 경찰력만 비인간 전투원으로 대체된 걸로 보도 되고 있지만,

문제는 적국이 조만간 막강한 전투력으로 도발해 올 것이란 점이야……

실질적으론 이미 적국의 정권까지 새들 손에 넘어간 것이 분명해.

하지만 장군님, 아직 JSS가 임무 수행 중에 있습니다.

JSS는 이미 임무에 실패했다! 지금 상황을 보고도 모르나?

JSS가 실패 했다는 증거는 어디에도 없습니다.

믿어보시지요, 장군님. JSS는 지금껏 단 한 번도 임무에 실패해본 일이 없습니다.

도둑이야!

잡긴 누가 날 잡아? 내 100미터 비공인 기록이 9초F다!

누가 저 날치기 좀 잡아줘요~!

흥!

후다다

두 두 두 두

헉?
뭐, 뭐야,
이건?

흥!
뭐긴……

경찰이다,
인마!

켁!!

아휴~
정말 고맙습니다,
경찰관님.

뭘요, 민중의
지팡이로서
당연히 할 일을
한 건데요.

와아~
타조 경찰관이
날치기를
잡았다!

162

타조 경찰관
만세~!!

만세~!

짝 짝

짝 짝 짝

....

오~리!!

꽥~ 꽥~

거~위!!

꾸왁~ 꾸왁~

아이고~
신병덜이 행군
훈련하누먼
그려.

저 중에 우리 집서 키우던 오리덜두 있을 텐디…….

새들이 군인 허니께 사람이 군인 할 일 읍써서 존디,

집집마다 키우던 오리구 닭이구 전부 군인 맹근다고 징집해 가니 참…….

아, 징집해가믄 워떠서 그려? 나라서 보상금 주잖여.

아, 그게 문제가 아녀.

복날이 되아두 닭이구 오리구 워디 잡아묵을 것이 있으야 말이지.

쩝

아이구, 이 사람, 큰일 날 소리 허네. 요즘 누가 겁도 읍씨 새를 잡아묵남!

쩝~.

기냥 조류독감 번졌다 생각허구 아예 생각을 끊어. 그게 수여.

……

164

제11화

선 택

완전 개판,
아니 새판이야.

군, 경찰
완전히 새들이
장악했어.

양 박사가 말한
대로 이 나라는
이미 새들 손에
넘어간 것 같아.

이제 우리 어쩌지, 대장?

…….

임무는 이미 실패했다고 봐야 하지 않아?

그래, 겨우 우리 여섯이서 온 나라를 장악한 새들과 싸울 순 없잖아.

어쩌면 이대로 실패한 채 돌아가는 것보단

새들에게 투항하는 편이 나을 수도 있다.

어차피 우린 짐승도 인간도 아닌 존재들 이지만,

인간들의 세상보단 우리와 비슷한 새들의 세상을 선택하는 게 더 나을 수도 있다는 거야.

…….

!!

166

대장…….

나는 끝까지 간다.

'나는'?

'우리는'이 아니고?

찍길의 말에도 일리가 있다.

이건 명령이나 강요할 수 있는 문제가 아니라고 생각해.

어느 쪽을 선택하든 각자의 자유에 맡기겠다.

하지만 난……

끝까지 JSS로 남는 쪽을 선택하겠어.

뭐, 그럼 나도 대장을 따라 가야지.

칫! 뭐야, 각자의 선택에 맡긴다더니…….

이건 '난 자장면 먹을 건데 너희들은 아무거나 먹고 싶은 거 시켜' 하는 거나 마찬가지 아냐.

대장이 끝까지 가면 우리도 끝까지 가는 거지, 뭐.

같이 가, 대장!

깎아지른 절벽 위에 자리 잡은 사령부라…….

그야말로 천혜의 요새로군.

날개 달린 새가 아니면 도저히 접근할 수 없는 곳이야.

하지만 그렇기 때문에 방어 태세는 허술하다고 봐도 되겠지.

어때, 가능하겠지?

그야 뭐, 우린 몸이 가벼우니까. 하지만 곰탱은…….

무슨 소리야. 불곰이 나무를 얼마나 잘 타는데!

저 정도 절벽은 문제 없다고!

곰탱이보다도 문제는 물개 형제야.

물갈퀴 손으로 절벽을 기어오르는 건 도저히 무리라고.

물개 형제는 아래에 남는다.

!!

무, 무슨 소리야, 대장!

죽어도 같이 죽고, 살아도 같이 살아야지!

죽어도 같이
죽어야 할
이유는 없어.

임무를 완수하고
해로로 다시 빠져
나가기 위해선
너희들은 반드시
살아 있어야 한다.

그러니 우리가
돌아올 때까지
숲에서 대기하고
있어.

모두……
꼭 살아 돌아
와야 해!

우리 끝까지
기다리고
있을게!

가자.

……

그래,
꼭 살아
돌아올게.

하지만 혹시
모르니 미리 인사
정도 해두는 건
나쁠 거 없겠지.

너희는 내가 아는 최고의 물개들이었다.

……

사실…… 다른 물개는 본 적도 없지만…….

너굴 녀석, 왜…….

혹시 뭔가 불길한 예감이 든 거 아냐?

팍

팍

철컥

여기는 독수리!
여기는 독수리!
참새 응답하라!

정신 차려, 인마!
암구호 제대로
대지 못해?

시, 시정
하겠습니다!

여기는 참새!
여기는 참새!
독수리 응답
하라!

아~ 여기는
독수리!
말하라, 참새.

절벽을
기어오르는
짐승 병사들이
있습니다.

뭐야? 아니,
날개 놔두고
왜 절벽을
기어올라?

그게……
날짐승이
아니고……

전부 들짐승
입니다.

날개 없는
놈들은 전부
적이야!!

당장
긁어버렷!

후~
이제 거의 다
올라왔다.

으……
살 떨려.

퍄

헉!!

제길! 발각됐다.

사격을 좀 더 길게 하려면 높이 좀 올라가서 체공 시간을 확보한 다음,

자유낙하 하면서 벌집을 만들어버리면 되는 거지.

다 죽어라, 들짐승들!

켁!

짜식이 감히 어딜!

세계 최고의 저격수들이 엄호하고 있는데……

좋았어! 물개 형제들이 엄호해주고 있다.

……．

지체할 시간 없다. 어서 올라가자.

숲 속에 저격수들이 있다.

저격수부터 처리해!!

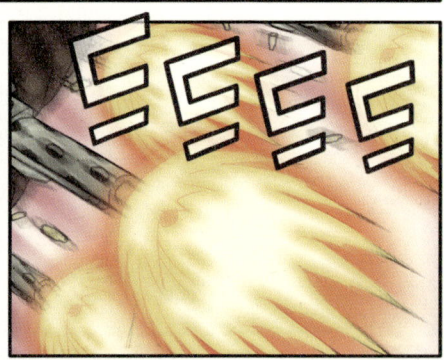

미리 파놓은 참호로 들어오긴 했지만,

나가지도 못하고 꼼짝없이 죽게 생겼네!

야! 이거 아무래도 오랜 숙제를 풀 때가 온 것 같다.

느닷없이 무슨 소리야?

기억 안 나? 우리 중에 누가 형인지 정하기로 한 거!

한배에서 동시에 태어났는데 누가 형인지 따져서 뭐 해?

그래도 인간들은 다 따진다고!

누가 먼저 태어났는지 모르지만 먼저 죽는 쪽을 형이라고 하자고 했었지?

그, 그래서? 지금 대체 무슨 생각을 하는 거야?

컥!

으…….

괜찮아?

역시 더 늦기 전에 확실히 해둬야겠어.

쿠하하하!
내가
형이다!

안 돼~!!

제12화
멋진 녀석들

어휴~
이제 다
올라왔네.

헉 헉 헉 헉

어?

제길, 죽는 것까지
동시라니……
죽기 전에 형님 소리
한 번 들어보는 게
소원이었는데……

멍청이……
내 소원은 우리가
죽을 때도……
동시에 죽는 거
였다고……

!!

너굴……
물개 형제의
죽음을 예감
했었지?

그래…….

그, 그럼 우린?
우리 중엔
누가 죽게 돼?
응?

그건…….

180

그만!

뭘 예감했든 단 한 마디도 하지 마라, 너굴!

대장! 독수리들이 우리 쪽으로 오고 있어.

우리 목표는 까막이다!

쓸데없는 교전은 피하고 안으로 진입하자.

슈왁

뻥

투두둑

툭

투툭

침입자다!

부루루루

이…….

부루루

크악!

파 파 팍

컥!

파 팍

켁켁켁!

연막탄
이다!

치이이이

까막을 잡아야 이 게임이 끝난다. 너구! 까막의 위치는?

맨 위쪽...... 이 성의 꼭대기야.

비상! 비상!

우루루

적의 침입이다!

슈 왁

뻥

투퉁

치이이이

됐다!

지잉

빨리 타,
빨리!

저놈들이
사령관실로 가는
엘리베이터를……

드드드드

파파팍

파팍

히익!

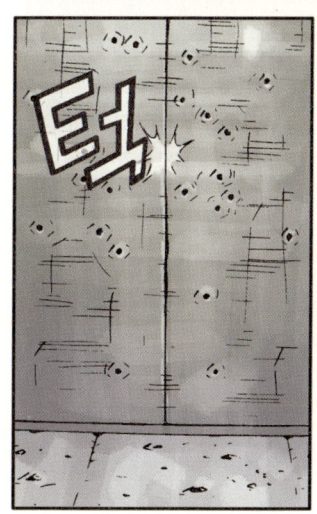
턱

우웅

휴……

 진진돌이 에볼루션 · 185

가자!

잠깐!

일단 내가
먼저 갈게.

여기엔 뭔가
위험한 게 있다.
매우 치명적인
······.

뻑

!!

비웅

비웅

빠직

빠지직

크아아악~

너귤!

이 층 전체가
함정이야……

바닥을 밟으면
초고압 전류가
흐른다.

바닥을 밟지
않고 날아서
통과해야 해.

너굴은 뭔가 함정이
있다는 걸 알고 자신이
앞장섰던 거야……

혹시……
나 정도의 무게면
바닥을 밟아도
감지되지
않을지도……

찌,
찍길아.

스윽

휴……
역시 감지되지
않는구나.

거기 꼼짝 말고
있어. 내가 센서를
차단시켜볼게.

이게
센서인 것
같긴 한데,

도저히 차단
장치를 찾을
수가 없네.

내 힘으론
뜯어볼 수도
없고,

무게 때문에
장비를 가져올
수도 없고……

철컥

이런
쥐새끼 같은
쥐새끼가……

꼼짝 마!

저, 저런!

……

역시……
폭파하는
수밖에
없겠어.

끄윽

이 자식,
꼼짝 말라니까!

찍길!

안 돼!

팅

안녕, 멋진
녀석들아.

찍길~!

대장!
까막 그놈은
대체 어디
있는 거야?

아마도
이 문
너머겠지.

제길,
또 암호
인가?

비켜!

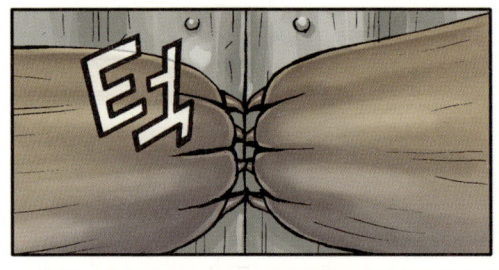

턱

흐읍~

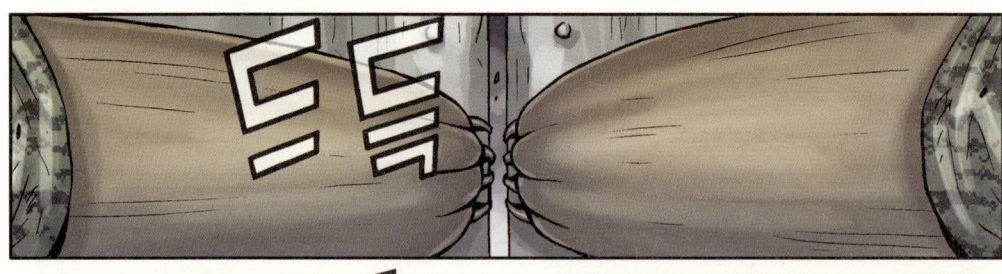

드-득

드-드-득

까막,
이 자식!

어디
있는 거야?
어서 나오지
못해?!

짝 짝 짝

정말 대단하다, JSS!

난 진심으로 감동했다.

이, 이 자식!

죽여 버린다!!

쿵 쿵 쿵 쿵

안 돼, 곰탱~!

제13화
최후의 카드

크아아아~!

쿵 쿵 쿵 쿵

씨익

굼떠!
굼떠!

미련한 놈이
누굴 죽인다고
설쳐!

까막,
죽어라!

대장,
잠깐 기다려!
까막은
내가 죽인다.

우왓!

으아아아~!

곰탱~!

후후,
곰탱이라
했던가?

애초부터
JSS와는 별로
어울리지 않는
캐릭터였어.

!!

이제 게임은
끝났다, 진진.

너 역시 짐승.
인간들에게 끝까지
충성해야 할
이유는 없어.

난 오래전부터
더러운 인간들의
지배를 끝장내기
위한 혁명을
꿈꿔 왔다.

함께 가자,
진진.

난……
어느 편도
아냐.

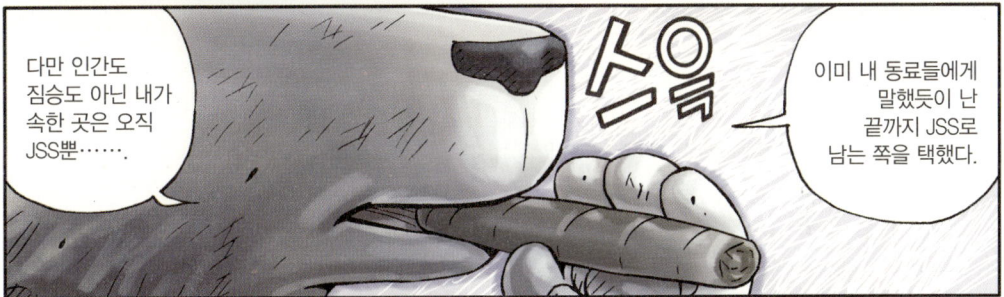

다만 인간도
짐승도 아닌 내가
속한 곳은 오직
JSS뿐…….

스윽

이미 내 동료들에게
말했듯이 난
끝까지 JSS로
남는 쪽을 택했다.

생각보다
멍청하군,
진진.

끝내
개죽음을
택하겠단
건가?

훗!

칙

개죽음은
내게 피할 수
없는 운명이지.

푸후

뭘 봐?

꾸왁~

꾸왁~

!!

200

철컹

철컹

끼엑!

꽉! 꽉!

꾸왁~
꽉!!

무, 무슨
짓들이냐?!

콸

꾸루룩~

푸드득

꼬꼬댁~!

양 박사의
최후 카드가
먹혀들었군.

이, 이럴 수가!
이게 대체……

양 박사는 실험실에 갇혀 죽어가면서 네 야심을 막을 방법을 연구했다.

양 박사가 죽은 후 그가 남긴 최후의 카드를 발견했지.

그건 바로, 날짐승의 지능을 높인 약물의 효과를 중화시키는 신경 가스였다.

내가 여기까지 올라오면서 터뜨린 연막탄엔 바로 그 신경 가스가 포함돼 있었어.

치이이이

으으……
양 박사
……!!

그런데 이상하군. 날짐승에게 통하는 신경 가스인데 어째서 넌…….

후후, 양 박사가 말해 주지 않던가?

202

난 약물로 지능이 높아진 게 아니다.

!!

난 처음부터 높은 지능을 가지고 태어났다. 양 박사가 비전 프로젝트를 연구하게 된 계기가 바로 나였어.

네 지능을 높인 약물도 바로 내 뇌조직을 연구해 얻어진 결과물이란 말이다.

양 박사는 날 돌연변이라고 했지. 하지만 난……

신의 선택이라 믿었다.

생각해봐라, 진진. 인간들은 스스로 만물의 영장이라 칭하는 억지를 부리며,

지금껏 뭇 생명들을 잔인하게 탄압해왔다.

인간의 손에 멸종된 생물의 수는 셀 수조차 없다.

이대로 두면 인간은 결국 대자연 전체를 파괴하고 말 거야.

나는 그래서 신이 날 선택했다고 믿었다!

탐욕스러운 인간들의 잔혹한 지배를 끝장내기 위해서!

진진! 나와 손을 잡자!

인간보다 뛰어난 우리가 인간을 지배해야만 진정한 공존의 시대를 열 수 있는 거야!

그래, 네 말에도 일리가 있다.

아니, 솔직히 나 역시 네 말에 전적으로 공감해.

후우

204

깍깍깍깍! 그렇지?

그래! 너라면 말이 통할 줄 알았어!

그런데 한 가지 문제가 있다.

탕

컥!!

털썩

바…… 바보 같은…… 어째서…….

난 까마귀가 싫어.

이제야말로
게임 끝이다,
까막.

끼룩 끼룩

곡곡

대장!
나 좀…….

곰탱! 살아 있었구나!

나 좀 내려줘.

물탱크에 떨어진 덕분에 살긴 했는데 내려갈 수가 없어.

바보! 그냥 뛰어내려!

모, 못 해! 나 고소공포증 있는 거 알잖아.

그냥 눈 딱 감고 뛰어내려. 안 죽어!

아, 알았어. 그럼 뛰어내릴 테니까 대장이 좀 받아줘.

뭐? 아니…… 자, 잠깐…….

에잇!

…….

휴우~
새들과의
싸움에서 겨우
살아 남았는데,

불곰한테
깔려 죽을
뻔했네…….

미안……
허리 좀
괜찮아?

그나저나 이제
우리 어쩌지?
돌아가야 하나?

글쎄……
솔직히 나도
잘 모르겠어.

저 새들 좀 봐.
참 자유로워
보이지?

나 역시
할 수만 있다면
원래의 모습으로
돌아가고 싶어.

틀림없이
원래의 모습으로
돌아가서 행복할
거야.

부그르르

시즌2에 계속됩니다.

동물무용만화

정 운 경 作

정운경 화백의 〈진진돌이〉는 80년대 어린이 잡지 《소년중앙》에 연재된 작품으로, 영리하고 근성 있는 진돗개, 진진돌이가 고향 친구 찍길이와 함께 1001부대에 입대하여 새 나라, 물고기 나라와의 전쟁에서 뛰어난 활약을 벌이는 내용의 동물전쟁만화이다.

연재동물무용만화

제 7 회

정 운 경

진진돌이

전선출동편

두 훈련병이 저지른 죄가 크다.어떻게 처벌했으면 좋은가

새나라에 죄수들을 넘겨주는것은 치욕입니다. 우리 손으로 처단해야 합니다. 전쟁을 일으킨 죄는 마땅히

사형인데 소총으로 죽일게 아니라 대포로 쏴야

마땅 합니다.

뭐 ? 대포로 우리를 쏴죽여 ?

뭐야, 그자세가. 벼락이 떨어져도 끄떡 않는게 천일부대 야

넷, 각하

213

다음 죄수들을 변호 해줄 차례다. 들어보자

저들의 훈련을 맡아온 수류탄깡 너구리 상사가 변호하겠웁니다. 저들은 매우 우수 하고 유능하며

훈련지침을 충실히 따르다 그런 일이 벌어진 겁니다. 극한상황 에선 뱀, 개구리, 산새, 들새 등 뭐든지 먹어도 된다고 가르쳐 왔웁니다.

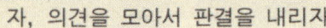

자, 의견을 모아서 판결을 내리자
쑤근
쑤근

전쟁을 일으킨 죄로 사형! 단 소총으로 집행 한다.
재판장

사형.

어, 어디로 갑니까.
처형장 으로 간다.

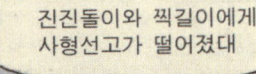

진진돌이와 찍길이에게 사형선고가 떨어졌대
쯧쯧 가엾어 라.

아끼던 친구였는 데

우리처럼 신병도 못되어 보고

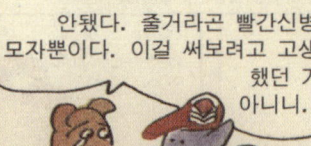

안됐다. 줄거리곤 빨간신병 모자뿐이다. 이걸 써보려고 고생 했던 거 아니니.

그때, 전선을 시찰 하자.

214

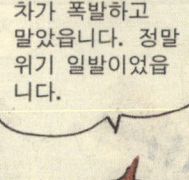

215

어어? 이것봐라 화약 반응이 나오는걸.

그러면 누가 내차에 폭탄을 장치했더란 말인가

바로 그렇습니다. 이건 적의 스파이가 이미 이곳까지 침투했다는 뜻입니다.

각하께서 죄수의 모자를 벗기러 차를 떠나지 않았으면 폭사했을 겁니다.

그러니, 진진돌이 덕에 목숨을 건진 것이니 저들을 은인으로 섬겨야 합니다.

수류탄깡 좋다. 저들에게 신병모자를 쓰고 죽을 자격을 준다.

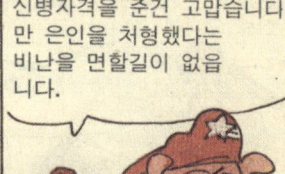

신병자격을 준건 고맙습니다만 은인을 처형했다는 비난을 면할길이 없읍니다.

사격 준비.

그러니 나에게 어떻게 하라는 거야.

저들을 살려주는 겁니다.

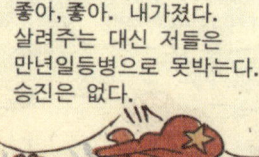

좋아, 좋아. 내가졌다. 살려주는 대신 저들은 만년일등병으로 못박는다. 승진은 없다.

돌아가라, 목숨을 건진걸 축하한다.

눈을 가렸던 수건은 머플러로 착용해라. 죄수라는 흔적을 평생 지니고 다녀야 하니까.

216

목숨을 건진 기분이 어떠냐. 요단강에 가서 발 담그고 온 기분이지?

우리가 죽어서 이 차에 실려 갈 뻔

했는데

수류탄깡이야 말로 우리의 은인이지.

그새 고생 많았다. 얼마나 초조하고 배고팠겠니?

식당에 가서 식사를 하고 한잠 푹 자고나면 새로운 기운이 날 거다.

가없은 것들 이미 자고 있군.

고떠덕

끄떠덕

그래, 이럴땐 자는게 제일이지. 24시간 자도록 해주마.

즈ㄹㅈ 드르 쿨ㄹ렁

업어가도 모를 만큼 골아 떨어졌군.

ㄹㄹㄹ ㄹㄹㄹ

자 너희들이 그렇게 쓰고 싶어하던

신병모자다. 자고 나면 이게 제일 반가운거지.

217

나도 훈련병에서 신병됐을때 모자를 처음 써본 감격을 지금도 잊지 못하고 있는걸

ZZ

ZZZ

이튿날

삐삐

암호전문이 들어오는군

어디 풀어보자 이크 큰 뉴스다

통신 참모님 즉각 사령관에게 보고할 내용입니다

맞아, 하마준장께 다녀오마

오늘 08시에 라이온 대통령께서 우리 부대를 시찰하신답니다

하마준장

전 부대원은 듣거라 전 부대원은 듣거라

즉시 완전무장을 하고 연병장에 모여

사열받을 준비를 갖추라.

218

신병이된 감격에 젖을 새도 없이 출동인가?

아니…이건 천일부대의 천하말썽 꾸러기 한쌍 아냐. 검은 머플러를 한 주제에 앞에 서 있다니

썩 뒤로 가서 서지 못해?

아, 사자 대통령께서 나타나셨다.

군악대 연주

뻥 빠 뻥 빠

예포 발사

꽝

콰앙

아
삭

아니, 포병들이
정신이 나갔나
저게 어떻게 된
거야

각하, 워낙 갑작스런 방문이라
예포탄을 준비 못하고 실탄을
쐈읍니다

당장 옷을 벗겨 버릴것이
로되

일등병으로 강등시킨다

전방으로
가라

뭘 봐. 검은 머플러야

220

진진돌이

제 8 회
정운경

뚝심3용사와 까막상사

우리더러 자꾸 검정 머플러라고 부르지 마. 누가 이렇게 만든건데. 네가 이랬잖니.

야. 총살시킬건데 살려주 니까 이게 기어올라… 난 네 목숨의 은인이다. 잊지마라.

우리 때문에 너도 폭사를 면하지 않았니. 피장 파장이다.

이 생쥐. 칵. 가루 를 내야겠다.

어? 갑자기 어디로 사라진거지? 이 녀석 봐라

네 소매속으로 기어 올라왔다. 에이.

야, 찍길아 아무리 강등됐지 만 얼마전까지 사령관이었는 데…못써

221

코뿔소는 좌측을, 황소는 뒤를, 하마는 우측을…항상 사방을 살펴야 한다.

털끝만치라도 이상한게 있으면 즉시 알려라

옳지, 저기 냇물이 있다

냇물을 타고 가면 흔적이 안남아 좋다

긁적 긁적

왜 머리를 자꾸 긁지 ? 쥐벼룩이라도 생겼나 ?

긁적

쥐벼룩이 아니고 쥐야, 내가 빠질 수 있니 ?

제발 참아요. 기왕에 몰래 숨어서 온 거, 봐 주자구.

아무리 가도 적이 눈에 안 띄니…모두 어디 숨은거지 ?

여기 몸을 숨기고 언덕 너머를 살펴라

추수해서 짚더미를 쌓아놨구나

자 하나씩 언덕을 뛰어 넘어라

적의 척후병 5명이 방금 통과했다. 우리쪽으로 갔다

알았다. 즉시 연락해서 처리하겠다.

진진돌아. 땅이 흔들리는 소리가 안나나?

네, 들립니다 바로 근처입니다

적의 탱크다

탱크를 통과시켜선 안된다 소리없이 처리해

네, 저까짓껏 식은 죽 먹기죠. 하나씩 맡자

탱크포쯤은 엿가락 휘어잡기다

카앙

푸우우...

우리는 뚝심3용사

224

와아. 산소탱크 속에 갇힌것 같다

푸우우우. 이놈들, 견뎌봐라

탈출, 탈출

모두들 튀어나오네요

수류탄으로 싹 쓸어버리자

중사님, 안됩니다. 살려 보내야 합니다

저들의 뒤를 쫓아서 적이 어디 숨었는지

뒤따라가 보는게 좋겠어요

그래 그 말이 맞다

뒤도 한번 돌아보지 않고 달아나는군

저 언덕 너머에 적이 포진하고 있음에 틀림없어. 가보자

와ー. 이건 어마어마 하구나. 찾았다

기막힌 먹이야. 저걸 다 우리가 해치워야 한다

그런 일이라면 제가 적격이죠 맡겨주십시오

몰래 따라 오다니 그건 명령 위반이다

중사님 오히려 잘된 건지 모릅니다

여기는 수류탄깡 거리…12.5킬로 각도 서쪽으로 45도 동쪽으로 17도….

굼벙이가 50마리는 된다. 때려라!

정확하게 쏴주는군

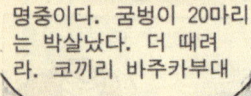

명중이다. 굼벙이 20마리는 박살났다. 더 때려라. 코끼리 바주카부대

뻥

뻥

뻥

거 이상한 걸…

엎드려. 탱크의 포신이 날아 온다

네, 뭔가 잘못됐 어요

226

쇠붙이가 불에 타다니. 이건 엉터리다

쇠가 아니고 나무다. 속았다

저건 모두 가짜다. 세트다

적의 계략에 처음 부터 빠져든거야 우리 포탄만 낭비했다

저게 모두 가짜 라면 진짜가 있을 겁니다

중사님, 진짜는 저깁니다. 숲속을 통해서

우리 전방으로 쳐들어가고 있다. 빨리 알려라.

계속 때려라 적은 아직 많이 있 다!

포탄도 코끼리 포도 완전히 바닥이 났 읍니다.

야, 이 생쥐야. 적탱크를 모두 소탕했다더니 어떻게 된거 야

227

다시 뚝심3
용사가 나가자

이크. 총탄이
비오듯 쏟아
진다.

타
타
타
타

적의 소총부대가 우리를
포위하고 접근한다

타
타
타

아까 그 짚더미가
바로 타조들이었군

공중에서도
공격이다.

드
르
르

큰일났다.
여기서 한발
자욱도 못나
가게 됐다.

우리가 언제
식사했지 ?
난 배가 고파

그래, 밥 먹은지
오래야. 비상
식량도 다 떨어졌
으니.

아직도 우리는
비상 식량을 가지고
있다. 각자 군화를
벗어라.

쇠가죽을 끓여서
씹어라.

황소인 나는 어떻
게 하라고

우리를 함정에 몰아넣어
군화를 씹게 만든 기막힌
전술가는 누구지 ?

바로 저자다. 적이
자랑하는 까막상사 !

228